D E A R + N O V E L

マグナム・クライシス

篁 釉以子
Yuiko TAKAMURA

新書館ディアプラス文庫

S H I N S H O K A N

マグナム・クライシス

目次

イラストレーション／あじみね朔生

マグナム・クライシス

MAGNUM CRISIS

今も鮮明に思い出すのは、強い西日が射し込む埃《ほこり》っぽい部室の匂《にお》いと、針金のレールに吊《つる》されたネガフィルムのカーテン――。

眩《まぶ》しすぎる夕陽を背にした宗像剛《むなかたごう》の表情は、影に黒く塗《ぬ》り潰《つぶ》されて、古い木製の作業台に組み敷かれ惑乱する羽柴悠也《はしばゆうや》の瞳には、うまく映し出すことができなかった。

けれど、耳たぶを掠《かす》めた低い声音だけは、今もリアルな熱をもって、悠也の鼓膜《こまく》から離れようとしない。

「――お前、俺のことが好きなんだろ?」

「…っ!」

その瞬間、すべての抵抗を放棄してしまった悠也の軀《からだ》。

そして、当然のように押し入ってきた宗像に、悠也は為《な》す術《すべ》もなく犯され、蹂躙《じゅうりん》された。

残酷に繰り返される猛々しい律動の度《たび》に、軋《きし》んだ悲鳴を上げていた使い古しの作業台。

あれから十五年の時が流れた今も、あの運命を決めた放課後の出来事は、褪《あ》せることなく悠也の脳裏に刻み込まれたままだ。

『宗像…!』

信じがたい苦痛と爛《ただ》れた悦《よろこ》びに喘《あえ》ぐ悠也の耳元に、獣が放つ荒々しい官能の息遣《いきづか》いだけが、いつまでも生々しく響き続けていた。

＊　＊　＊

『――バグダッドで自爆テロ発生…！』

パソコンに向かって朝刊用の原稿を書いていた羽柴悠也《はしばゆうや》は、飛び込んできたAP通信からの第一報に、反射的に身を固くして、濃い榛色《はしばみいろ》の瞳に強い緊張の色を走らせた。

9.11アメリカ同時多発テロから十年あまり。テロが深刻な事態であることに変わりはないが、よほど大規模な攻撃か、若《も》しくは特異な場所や要人を狙《ねら》ったものでもない限り、人々がこの手の事件に対して、いちいち驚かなくなって久しい。

ましてや、地方の支局勤めとはいえ、悠也は日々ニュースに携《たずさ》わる新聞記者だ。

にも拘《かか》わらず、こうして世界中の紛争地域で頻発《ひんぱつ》してやまない惨事《さんじ》を耳にする度《たび》に、悠也がその白い頬《ほお》を強張《こわば》らせずにはいられないのには訳があった。

『宗像《むなかた》…』

胸に湧き起こってくる不安とともに、抑《おさ》えようもなく脳裏を過《よ》ぎっていく男の横顔――。

けれど、すぐに思い直して、悠也は小さく首を振った。

そう、こんな風に心配しても仕方がない。

なぜなら、宗像剛《ごう》は、世界に冠たる写真家集団、マグナムX《エックス》に名を連《つら》ねる腕利《うでき》きの報道カメラマンで、仕事のためとあらば、どんな危険をも顧《かえり》みず、平然と地獄の果てまで突き進んで行く男だからだ。

　実際、一度仕事に入れば、その間は電話一本、メール一通よこさず、年に合計八ヵ月も取材の空の下で過ごすような男の身の上を、日本にいる悠也があれこれ案じて気を揉《も》んだところで、所詮《しょせん》は無駄でしかない。

　それに、少なくとも先週の時点では、合衆国の首都ワシントンでカメラを構えていたはずの宗像が、三十分前にイラクのバグダッドで起こった自爆テロに巻き込まれた可能性は、限りなくゼロに近いだろう。

　尤《もっと》も、神出鬼没で抜群の機動力を誇《ほこ》る宗像に関して言えば、絶対という確信を、悠也はついぞ持てた例《ため》しがないのだけれど———。

『まだ…アメリカ国内に、いるんだよな…？』

　悠也は作業を中断して、シンガポールから航空便で届いたばかりの、今週号のタイム誌に手を伸ばした。

　手元に届いてまだ半日と経《た》っていないというのに、既《すで》にそこでページが開くほど、何度となく見返した特集記事。

　それでも、件《くだん》のページが開いた途端、悠也はまたも息を飲まずにはいられなかった。

《———名門、スローン家の終焉《しゅうえん》！　上院議員、発砲の瞬間…！》

　銘打《めいう》たれたセンセーショナルな大見出しをも霞《かす》ませて、悠也の瞳を鋭く射抜き、釘づけにしてやまない圧倒的な一枚の写真。

そこに映し出されているのは、幾多《いくた》の政治家を輩出してきたボストンの名門一家出身の、スローン上院議員の姿だ。

ブロンドに碧《あお》い瞳を持つハンサムな四十二歳。イエール大卒のスポーツマンで、短期間ながら従軍経験もある彼は、二年前には次期大統領選に名乗りを上げ、所属する党からの指名を勝ち取る寸前までいったことでも知られている。

しかし、キャンペーン中に違法薬物の使用が噂《うわさ》され、更にマフィアとの黒い繋《つな》がりがスキャンダラスに報じられるに至《いた》って、その政治生命が絶《た》たれるのも時間の問題と見なされるようになって久しい。

マスコミと様々な攻防戦を繰り広げながらも、このセレブ議員が失脚に向かう一連のゴシップについては、日本にいる悠也の耳にも以前から届いていた。

そして先週、破滅の泥沼に沈《しず》もうとしていた男は、恐るべき凶行に走った。

中間選挙を目前に、首都ワシントンで開いた記者会見の最中、猛攻する取材陣に向かって、あろうことか発砲したのだ。

議員によって発射された銃弾は五発。死傷者三名を出した後、スローン自身も警護官に撃たれ、意識不明の重態に陥《おちい》ったこの事件については、即日、衝撃的なニュース映像となって全世界を駆《か》け巡《めぐ》った。

実際、凶行の一時間後には、その一部始終がインターネットの動画サイトに次々とアップされて、遠い異国にいる悠也までもが、この惨事の目撃者となった。

だが、既に見て、知っているつもりでいた事件について、実は何もわかっていなかったのだという現実を、悠也は今、ひしひしと思い知らされている。

『宗像…！』

ページを開いた指先に、無意識のうちにも籠る力。

悠也は食い入るように写真に魅入った。

動画では、決して感じることのなかった男の荒い息遣《いきづか》いが聞こえてくる。

真っすぐこちらを狙って、今にも火を噴《ふ》こうとしている狂気の38口径《こうけい》。

拳銃を握り締めた男の、追い詰められ、猛烈に血走った碧い瞳は、破滅の道連れを渇望《かつぼう》するあまり、完全に我を失っている。

『撃たれる…！』

理不尽に突きつけられた殺意と、絶望的な死の恐怖に曝《さら》される刹那《せつな》――。

あたかも自分自身がファインダーを覗《のぞ》き込《こ》んでいるような錯覚を覚えて、悠也は全身に鳥肌《とりはだ》が立った。

『まったく、なんてヤツだ…！』

いつもながら、生きた心地のしない一瞬。

もちろん、これだけのアップを撮るからには、ある程度の望遠レンズが使われていたのだろうが、それでもシャッターを切った瞬間、そう広くはない会見場で、銃口がカメラを構えた宗像に向けられていたのは明らかだ。

『どうしてこう、いつもいつも無茶ばかり……！』

胸に憤懣《ふんまん》を覚えつつ、悠也は先細りの優美な白い指先で、柔らかな薄茶色の前髪を掻《か》き上《あ》げた。

実際、宗像は自分の納得のいく写真を撮るためとあらば、命の危険も顧みず、ギリギリの境界線上に立ち、時にそこを踏み越えていくことすら厭《いと》わない。

ドイツ製のレンジファインダーカメラであるライカを、あたかも自分の視神経の延長のように使いこなすカメラマンのことを、業界では《ライカ使い》と呼ぶそうだが、宗像の撮影スタイルは、使用するカメラの機種に拘わらず、正にそれだ。

そして、そんな宗像が撮る一枚は、常《つね》に目を背《そむ》けてはならない衝撃的な事実を、否応《いやおう》もなく人々の前に突きつける。

この動画全盛の世の中にあって、ともすれば時代遅れとなりかねない写真という媒体《ばいたい》。

けれど、鋭く切り取った《瞬間》を凍結する力のある宗像の写真は、見る人の心の奥深くに届き、実際には知る由《よし》もない現場の音や匂《にお》いさえもリアルに感じさせる。

事実、インターネットで何度も動画を目にしていたはずの悠也が、同じ現場を撮った宗像のたった一枚の写真に衝撃を受け、心を鷲摑《わしづか》みにされている。

宗像の一枚は、正に悠也自身を惨事の只中《ただなか》に引《ひ》き摺《ず》り込《こ》み、その恐ろしいほど生々しい緊迫感の中で、事件の深層を我が事として考えさせるのだ。

『宗像…！』

襲ってくる、言い様のない緊張と興奮。

たぶん、その時、派遣社員の矢口美和《やぐちみわ》に声をかけられなかったら、悠也は仕事をするのも忘れて、いつまでもタイム誌のページに魅入っていたに違いない。

「あっ！　それって、撮ったの宗像剛ですよね？」

そう言って、肩口から覗き込んできた美和に、悠也はハッとした。

「美和ちゃん…」

「うわぁ！　さっすが、マグナムX！　カッコいぃ〜」

華やいだ歓声を上げる美和は、事務職専門の派遣スタッフながらも、悠也の報道部に籍を置くようになって二年あまり、今では報道写真に関しても一端《いっぱし》の事情通だ。

尤も、彼女の場合、写真そのものよりも、それを撮ったカメラマンに対する興味の方が明らかに勝っている。

何しろ、公式プロフィールに使われている宗像の顔写真は、びっくりするほど精悍《せいかん》な男前なのだから無理もない。

「羽柴さん、宗像剛と友達なら、次に彼が来日したときには、必ず紹介してくださいよね？」

「そんなこと言ったって、美和ちゃん、アイツ、性格は最悪だよ？」

「そんなの！　あれだけカッコ良くて才能があれば、もう性格なんてどうだっていいです！」

若年《じゃくねん》ながら、世界的にも名の通った気鋭の報道カメラマン、宗像剛を捕まえて、ほとんどアイドルか人気俳優のように騒ぎ立てる美和に、悠也は小さく肩を竦《すく》めた。

『何だかなぁ…』

とはいえ、確かに宗像は、カメラマンとして類《たぐ》い稀《まれ》なる才能を有しているばかりでなく、容姿の面に於《お》いても、憎らしいほどに恵まれている。

だいたい、分別顔で美和を諫《いさ》めている悠也自身、一目で宗像のルックスに心奪われてしまった一人なのだ。

そう、あれは今から十五年前――。

小学校から高校まで、同級生の顔触《かおぶ》れがほとんど変わらない片田舎《かたいなか》で暮らす十七歳の悠也のクラスに、宗像はアメリカからの留学生として編入してきた。

当時、宗像の父親は既に故人となっていたが、元は悠也と同じ田舎町出身の日本人ジャーナリストだったそうで、ロイター通信のニューヨーク支局で働いていたときに、オペレーターを務めていたアメリカ人女性と結婚し、その後、一人息子の宗像を儲《もう》けたという話だ。

宗像が自分の留学先として、東京をはじめとする大都市圏を選ばなかったのも、悠也の住む田舎町が父親の縁故地であったからに他ならず、そもそも留学してきたこと自体、亡くなった父親の遺言に従ったものだったらしい。

そんな訳で、宗像剛という、いかにも日本人らしい名前とは裏腹に、宗像は国籍の上ではアメリカ人だ。

そして実際、悠也を含む、甘ったれて軟弱な日本人男子高校生とは、宗像はまったく違った種族の生き物に思えた。

集団から頭一つ抜きんでた長身と、艶《つや》やかなブロンズ色の肌。荒野を駆け抜ける野生馬の鬣《たてがみ》にも似て、颯爽《さっそう》と風に靡《なび》く長い黒髪が印象的な美丈夫。

撓《しな》う鞭《むち》のように柔軟で強靭《きょうじん》な筋肉の鎧《よろい》に覆《おお》われた上体は、明らかに東洋人離れして逞《たくま》しく、引き締まった腰から伸びる長い脚《あし》が、ひ弱な農耕民族の少年達の羨望《せんぼう》を集めた。

事実、研《と》ぎ澄《す》まされてシャープな宗像の横顔には、狩りに赴《おもむ》く戦士のごとき緊張感が漲《みなぎ》り、遠くを見据《みす》える漆黒《しっこく》の眼差《まなざ》しには、獲物を狙う鋭い閃《ひらめ》きが宿っていた。

まるで野生の獣さながらに、ワイルドでしなやかな精悍さを身に纏《まと》った孤高の戦士。

この独特の迫力に満ちた宗像の容姿に、母方の祖父から色濃く受け継いだというネイティブ・アメリカンの血が、深く寄与しているのは疑いようもない。

そして、その頃既に、同性にしか魅かれることのない自《みずか》らの性癖《せいへき》を自覚していた十七歳の悠也は、一目で宗像の存在に魅了され、気がつけば恋に落ちていた。

それが自分の人生を支配する、運命になるとも知らずに――。

『宗像…』

いつも嫌味なくらい自信たっぷりで、アグレッシブに俺様街道まっしぐらを行く宗像の、強引極まりないのに魅惑的な横顔を思い出しかけて、悠也は小さく首を振った。

悔《くや》しいけれど、今も昔も少しも変わらず、悠也の心を捕らえて離さない宗像剛という存在。

けれど、今は悠也も三十二歳の大人になった。

その一挙手一投足に振り回され、気持ちを掻き乱されるのは、宗像が実際に悠也の傍《かたわ》らにいる時だけで十分だ。

「ほらほら、朝刊の締め切りまで時間がないんだから、美和ちゃんも自分の仕事に戻る！」

「はぁ～い」

美和を追い立てて、悠也は書きかけの原稿に戻った。

俗に、十年記者というけれど、一人前の記者となるために、それだけの期間が必要だとするなら、大学を出て今年で十年目になる悠也は、相応の知識と経験を積み重ねて、実に脂《あぶら》の乗った時期を迎えていることになる。

『基準が不透明だと、オンブズマングループから指摘を受けた公共事業の入札業者の選定について、県の土木事業部は――』

ＩＣレコーダーの録音をイヤホンで確認しつつ、取材メモを見ながら、パソコン画面にテキパキと簡潔に記事を起こしていく白い指先。

本音を言えば、子供の頃からの夢は、世界を股《また》に掛ける社会派のルポライターだったのだが、現実は常にシビアで、新聞社の地方支局に籍を置く悠也が扱うのは、地元密着型の記事が大半を占め、政治ネタから家庭欄まで、必要とあらば何でも熟《こな》す毎日だ。

もちろん、叶わなかった夢を恨んで不貞腐《ふてくさ》れるほど、悠也は愚《おろ》かな子供ではないし、新聞記者という現在の仕事に対して、自分なりの誇りと遣《や》り甲斐《がい》を感じている。

ただ、現実に折り合いをつけ、狭《せま》い地方都市で懸命に日々を過ごしている鼻先に、ひたすらアグレッシブに自分の夢を追い求めて驀進《ばくしん》する男の姿がチラつくと、人間、なかなか苛立《いらだ》ちを覚えずにはいられないものである。

ましてや、タイム誌の特集記事を飾る、先ほどの強烈な一枚を見せつけられた後とあっては、尚更のことだ。

『クソッ！　癪《しゃく》に障《さわ》る……！』

優美で気品溢《あふ》れる表情は変えないままに、パソコンのキーを叩く指先だけが、やけに乱暴になっていく悠也は、しかし、宗像にミーハーな嬌声《きょうせい》を上げていた美和が、今は自分の姿に見《み》惚《と》れていることに気づいていない。

三十二歳の男のものとは思えないほど、透明感があって瑞々《みずみず》しい象牙色《ぞうげいろ》の素肌。細い項《うなじ》にかかる柔らかな薄茶色の髪。

繊細な起伏をみせる横顔のラインがこの上もなく優雅で、まるでルネッサンスの宗教画に描かれた聖人のように清楚《せいそ》で美しい。

この清らかで静逸《せいいつ》な様が、いとも淫《みだ》らに乱れるところなど、いったい誰に想像できるだろうか――。

「美和ちゃん、今、プリンターから地方版の政治面に載せる記事を出してるから、デスクに回して、オッケーが出たら入稿頼むよ」

やがて、明日の朝刊用の記事を一本書き上げた悠也は、隣の席で校正作業をしている美和に声をかけて立ち上がった。

「取材ですか?」

「うん、来月の特集用に取材を申し入れてある深川《ふかがわ》総合病院の事務局長と打ち合わせをして、その後、警察署に寄ってくるよ。時間と内容にもよるけど、たぶん、今日はそのまま直帰だ」

そう言って、上着と記者の七つ道具が入った鞄《かばん》を手にした悠也は、ホワイトボードに《取材→直帰》と記《しる》して、編集局を後にした。

とはいえ、幸か不幸か、のんびりと平和な日々を送る地方都市には、華々しく紙面のメインを飾るような大事件は起こりそうにない。

足を棒にして取材先を回り、辛抱《しんぼう》強く聞き込みを繰り返したところで、記者魂を揺《ゆ》さぶられるような情報を摑めることなど、滅多に起こりえないのだ。

『交通事故と、あとは空き巣《あす》被害か…』

立ち寄り先である警察署から出た悠也は、予想通りの収穫に小さくため息を吐《つ》いた。

尤も、大勢の死傷者を出す大事故や自然災害、酸鼻《さんび》を極める理不尽なテロ行為などは、それがどこであろうと、起こらないに越したことはない。

『戦場カメラマンの切なる願いは、失業だって言うからな…』

自身も幾多の戦場を駆け巡った著名な報道カメラマン、ロバート・キャパの言葉を思い出して、悠也は肩を竦めた。

そう、言うまでもなく、平和で安穏《あんのん》な世界こそが最も望ましい。

報道関係者が緊急性を要する日々のニュースに事欠く世の中になれば、いったい、どれだけ多くの人々が幸せになれるだろうか。

『まぁ、世界平和に貢献できるほどじゃないとしても、大事件とは無縁なこの地方都市のおかげで、少なくとも俺は今夜の約束をキャンセルしないで済む』

午後九時を少し回った腕時計を見て、悠也は通りを走るタクシーに手を上げた。

『ちょっと遅刻だな…』

地元の高校を卒業して十四年になるが、悠也は今も定期的に恩師である笠井史浩《かさいふみひろ》と連絡を取り合い、一ヵ月か二ヵ月に一度くらいのペースで食事を共にしている。

当時、新卒で赴任してきた笠井とは、年齢的にも七つしか違わないせいもあって、今や居酒屋で顔を合わせる二人の関係は、恩師と教え子というよりは、友人同士に近いものがある。

そして、実際、他のどんな友達に対するよりも、悠也は笠井に心を許していた。

笠井が悠也と同じく、同性愛者だったからである。


さて、それから二十分後――。

暖簾《のれん》を潜《くぐ》った居酒屋は、ほどよい混み具合で悠也を迎えてくれた。

「先生！」

「三十分の遅刻だ」

「すみません」

高校時代を真似《まね》て、生徒手帳を出すよう促《うなが》す仕草を見せた笠井に、悠也は小さく肩を竦めて舌を出した。

真面目《まじめ》な性格の割に遅刻が少なくなかった悠也は、高校時代、校門で何度となく笠井に生徒手帳を取り上げられたのだ。

「仕事、忙しいのか？」

「うーん、そうでもないけど、人材不足は深刻だよ。リーマンショックの後は、何かって言うとリストラばかりで、偶《たま》に補充があっても派遣社員だからね」

「どこも大変だな」

「モンスターペアレントや管理職のパワハラが横行する教育現場ほどじゃないかもね？」

他愛もない会話を重ね、愚痴《ぐち》を肴《さかな》にビールや居酒屋の定番メニューを楽しむ穏やかな一時。友達や同僚と過ごすよりも、悠也の気持ちがグッとリラックスしているのは、笠井に対しては、自分が同性愛者であることを隠しておく必要がないからだ。

「それで、その後、お祖母《ばあ》さんは元気なの？」

「うん、耳がだいぶ遠くなってるけど、一病息災っていうやつかな？　歳の割に元気だと思うよ。早く曾孫《ひまご》の顔を見せてくれって言われて、物凄《ものすご》く困ってる」

まだ幼い頃に離婚した両親に代わって、この片田舎で悠也を大切に育ててくれた祖父母。

悠也が大学を卒業する直前に祖父が亡くなってからは、祖母だけが唯一の家族だ。

そんな訳で、殊更《ことさら》に孝行者を気取るつもりはないけれど、実際、これまでの悠也は、自分に愛情を注《そそ》ぎ育ててくれた祖母のためなら、どんな犠牲も厭わず、出来る限りのことをしてきた。

その最も顕著《けんちょ》な例を挙げるとしたら、就職に纏《まつ》わる諸々がそうだろう。

なぜなら、悠也は大学の四年間をアメリカのコロンビア大学に留学して、ジャーナリズムを専攻した。

つまり、世界を股に掛ける社会派のルポライターに即席でなるのは無理だとしても、優秀な成績を修《おさ》めた悠也には、世界経済の中心ともいえるニューヨークで働くことが可能だった。

しかし、祖父の死後、日本に帰ってきてくれと泣きつく年老《としお》いた祖母の願いを、悠也には無下にすることができなかった。

結局、帰国して新聞社に就職した悠也は、親戚筋のコネを使って、祖母が暮らす田舎町から通勤圏内にある地方支局に配属されるよう取《と》り計《はか》らってもらった。

尤も、大手に勤める新聞記者は大抵、研修後は地方の支局に送られ、そこで警察回りから始まる取材の基礎を学び、地方ならではの様々な分野の事件やトピックスを担当することで、記者の基本を身に付ける一方、自分の適性を知り、将来の専門分野を模索するものだ。

悠也が特異だとするなら、それは平均五年と言われる地方支局での記者修行が済んだ後も、本社勤務の打診を断り続けていることだろう。

ちょうど入社五年目、祖母が脳梗塞《のうこうそく》で倒れ、比較的早期に目立った後遺症もなく回復したものの、いよいよ一人暮らしをさせるのが難しくなったからだ。

もちろん、専門の施設や老人ホームなど、選択肢がなかったわけではないけれど、六十年暮らした自分の家は離れられないという祖母の言葉に、悠也が首を横に振れるはずもなかった。

だが、それほどまでに孝行者の悠也をしても、祖母の望みに従って、彼女に曾孫をプレゼントするのは不可能だ。

「いくら育ててくれたお祖母ちゃんのためでも、俺に子供は産めないからね」

「産めたとしても、子供は一人じゃできないだろ?」

笠井の言葉に、悠也は思いきり肩を竦めてみせた。

しかし、結婚や子供の問題について言えば、四十歳を目前に控えた上に、高校で教師をしている笠井の方が、悠也などより遥《はる》かに周囲が煩《うるさ》いに違いない。

「お互い、大変だね？」

「そうだな」

テレビでどんなにオネエキャラのタレントが持《も》て囃《はや》されても、少なからず閉鎖的な地方都市で暮らす異端者の実生活は救われない。

それでも、互いに理解し、精神的に支え合える同族を、ごく身近に見つけられた悠也と笠井は、まだ幸せな方だろう。

実際、どうすることも出来ない自分自身の性癖に恐怖と嫌悪感を抱きながら、いつ秘密が漏《も》れるかと怯《おび》えて生きていた高校生の悠也にとって、生まれて初めて出会った同族の笠井は救いだった。

蔑《さげす》みもせず、ただ優しい眼差しで、「悠也はそのままでいいんだよ」と言ってくれた笠井に、閉塞《へいそく》した状況に追い込まれ、一時は死にたいとさえ願っていた悠也は、どれほど深く気持ちを慰撫《いぶ》されたことだろうか。

「先生だけだよ、俺が本音を曝け出せる相手は」

折々に悠也が口にする、その言葉に嘘はない。

けれど、長い付き合いの中で、悠也が笠井と肉体関係を持ったことは一度もない。

いや、むしろ一線を越えた関係がないからこそ、二人はこんな風に長きに亘《わた》って、穏やかで確かな信頼関係を築いてこられたに違いない。

なぜなら、実際に一線を越えてしまった宗像との間には、悠也は笠井に対するような安らぎを得られず、ただ生々しい肉欲に翻弄《ほんろう》され続けているからだ。

『宗像…』

不意に、その精悍な横顔が脳裏を過ぎっていって、悠也は遠い目をした。

暫《しばら》く悠也のもとにいた宗像が、駐留する最後の米軍戦闘部隊の撤退を取材しに、イラクへ飛んだのは二ヵ月ほど前のことだ。

果たして、そこで宗像が撮った兵士たちの写真は、緊迫した戦場での悲惨な有り様を映し出したものとは、また違った感慨《かんがい》を悠也の胸に呼び起こした。

特に悠也の胸を打ったのは、イラク側から安全なクウェート側へ、オレンジ色の夕陽に照らし出されながら、競《きそ》い合《あ》って国境を駆け抜けていく若い兵士たちの姿だった。

死と隣り合わせだった戦場からの解放と、生きて国へ帰れる歓《よろこ》びに溢れた兵士たちの表情。

誰も愛する人々と別れ、故郷を離れてまで、遠い異国で戦争などしたくないのだ。

それなのに、なぜ戦争は存在し続けるのか――。

宗像の撮った一枚は、死と破壊、そして苦痛に満ちた戦場写真と同じくらい、争いをやめられない人間の矛盾と不条理を、悠也の胸に深く訴えかけてきた。

だから、宗像は本当にいい仕事をしたのだと、悠也は心からの賛辞を惜《お》しまない。

とはいえ、その米軍戦闘部隊の撤退は、宗像がイラクに入って程ない八月十九日には終了していたはずだ。

ならば先週になって、例のタイム誌に載った上院議員の発砲事件をワシントンで撮るまで、まったくの音信不通だった二ヵ月間を、いったい宗像はどこでどう過ごしていたのだろうか。

いや、それ以上に、今度はいつ悠也のもとを訪れるつもりでいるのか──。

『わかるわけない、そんな事…！』

悠也はグラスを握り締め、僅《わず》かに眉《まゆ》を顰《ひそ》めた。

と、その時、笠井が口を開いた。

「宗像のこと、考えてた？」

「…っ！」

すっかり自分の世界に入っていた悠也は、ハッとした。

今更、笠井には隠しても仕方のないことだけれど、やはり、改めてその名前を出されると面《おも》映《はゆ》いものがある。

何しろ、悠也が宗像と特別な関係になった切っ掛けは、笠井が顧問を務め、悠也自身が部長を任されていた新聞部だったからだ。

学校創立以来の長い伝統はあっても、不人気で新規の入部希望者もなく、写真同好会を吸収合併しても、尚、規定の部員数に一名足りず、廃部の危機に瀕していた新聞部に、笠井が無理やり留学生の宗像を引っ張り込んだのだ。

尤も、留学資料にあった宗像のプロフィールには、既にフォト・ジャーナリストを目指す将来の展望が記されていたから、笠井による強制入部も、満更、ごり押しではなかったのかもしれない。

しかし、笠井が取った行動は、確実に悠也の人生を変えてしまった。

なぜなら、宗像が新聞部に入ってくることさえなければ、悠也は彼に恋をしたとても、遠くから見つめているのが精一杯で、決して直接的な関わりを持てなかったはずだからである。

とはいえ、今更、起こってしまったことは変えられない。

「あんなヤツ！　生きているのか、死んでいるのか…！」

「相変わらず、連絡ないんだ？」

「ないですよっ！」

吐き捨てて、悠也はビアグラスを呷《あお》った。

宗像とは、十五年も続いているのに、恋人だという確かな実感や、安心感が少しも持てない。

万が一、悠也が子供を産むことがあるとしたら、その父親となる男は、宗像以外にはあり得ないというのに――。

「寂《さび》しいね？」

「別に！」

見《み》え透《す》いた強がりを口にする悠也に、笠井が少し哀しげな笑みを漏らす。

「僕だったら、悠也を何ヵ月も放ったらかしになんかしないのに…」

「先生…」

「いや、酔っ払いの戯言《ざれごと》だ。忘れてくれ」

けれど、笠井が酔ってなどいないのは、誰の目にも明らかだ。

『ごめんね、先生…』

もう何年も前から、いや、或《あ》いは最初に出会った頃から、笠井が自分のことを憎からず思ってくれていることを、悠也は知っていた。

たぶん、宗像と出会わなければ、悠也は今頃、笠井という心身共に満たされる得難《えがた》いパートナーを手に入れていたのかもしれない。

だが、悠也は出会ってしまった。

『宗像…』

不意に、悠也の鼻腔《びこう》の奥を過ぎっていった、遠い日の埃《ほこり》っぽい部室の匂い――。

結局、誰とどこにいても、悠也の心は十五年前と少しも変わらず、宗像に囚《とら》われたままなのだった。

＊　＊　＊

居酒屋を出たところで笠井《かさい》と別れ、一旦《いったん》、支局の駐車場まで戻り、運転代行業者を頼んだ悠《ゆう》也《や》が帰宅したのは、午前一時を少し回ったところだった。

通勤に車で一時間以上かかる田舎《いなか》町ならではの、広い敷地を持つ木造二階建ての大きな家。

しかし、実のところ、庭に離れまであるこの家は、祖母との二人暮らしには広すぎるし、老《ろう》朽《きゅう》化《か》もなかなかに進んで、物件の維持《いじ》管理をしなければならない悠也にとっては、頭の痛い今日この頃だ。

「ただいま」

既《すで》に祖母が寝ているのはわかっていたが、ついつい習慣でそう言って、悠也は忍び足で軋《きし》んだ音を立てる階段を上り、二階にある自室へ向かった。

尤《もっと》も、すっかり耳が遠くなった祖母は、就寝時には補聴器を外《はず》してしまうこともあって、よほど大きな爆発音でも立てない限り、悠也がその安眠を妨《さまた》げる心配はない。

「シャワーだけでも、浴びてから寝るか……」

居酒屋で、髪に染《し》み付《つ》いてしまったタバコの匂《にお》い。

襟《えり》からネクタイを抜きつつ、一応、明日取材する予定になっている深川《ふかがわ》総合病院の資料だけチェックして、悠也はパジャマを手に、階下の風呂場へ向かった。

ところが、服を脱ごうと、シャツのボタンに手をかけた途端、玄関で呼び鈴が鳴る音がした。

『…っ!?』

瞬間、跳ね上がった鼓動。

『まっ、まさか…！　そんなはずは…！』

否定しなければと思いつつも、どうしようもなく高まっていく期待感に、悠也の心臓は今にも破裂してしまいそうなほど、一気に拍動数を上げていく。

二度目の呼び鈴が鳴ったときには、悠也は考えるよりも先に駆け出していた。

そう、こんな時間に、この家の呼び鈴を鳴らす人間は一人しかいない。

『宗像《むなかた》…！』

玄関のドアを開けた悠也の前に、案の定、視界を遮《さえぎ》るように立《た》ち塞《ふさ》がった男の影。

「――よお、久しぶりだな？」

「くっ…！」

不遜《ふそん》なその顔を見上げて、悠也は喉《のど》を詰まらせた。

いつもながら、何の前触《まえぶ》れもない突然の帰還。

二ヵ月も音信不通だったことなど、気にもかけずにいるふてぶてしさが猛烈に腹立たしい。

「ふざけるな…っ！」

しかし、吠《ほ》えかかったところで、所詮《しょせん》は後の祭りだ。

こうして玄関を開けてしまった以上、最早《もはや》、悠也に勝ち目はない。

この横暴で身勝手極まりない俺様男は、当然のように悠也を蹂躙《じゅうりん》し、次の仕事に出かけるまでの短い休息を貪《むさぼ》るのだ。

『クソッ…！』

これまでにも何度となく繰り返されてきたことなのに、また性懲《しょうこ》りもなく鍵を開けてしまった自分自身が、悠也は心底恨《うら》めしかった。

果たして、そんな悠也の気持ちを知ってか知らずか、宗像は肩から下ろした自分の荷物の代わりに、軽々と悠也の軀《からだ》を担《かつ》ぎ上《あ》げた。

「ちょ、ちょっと待てよ、宗像…！」

わかっていても、抗議の声を上げずにはいられない。

いい加減、慣《な》れたつもりでいる悠也だが、やはり、取《と》り成《な》す言葉の一つないまま、さっさとベッドがある二階へ行こうとする宗像は許せない。

「おい、聞けよ、宗像…！」

けれど、肩の上で暴れるのを軽くいなして、宗像は苦もなく階段を上がっていく。

ベッドに投げ出された悠也に、既に拒絶という選択肢が残されていなかったのは、言うまでもない。

「宗像…っ!」

「お前、タバコ臭《くさ》いぞ」

「何だと…!」

実はタバコ嫌いの悠也にしてみれば、自分の方こそヘビースモーカーの宗像にだけは、絶対に言われたくないセリフである。

それなのに、上から伸し掛かってきた宗像は、ムッとする悠也になど、まるでお構いなしだ。

「いったい、誰と一緒だったんだ?」

「誰だっていいだろ!」

その指の長い大きな手で、自分の前髪を鷲摑《わしづか》みにしてきた宗像に、悠也は嚙《か》み付《つ》いた。

こんな風にいきなりやって来て、妻の浮気を疑う夫のような口を聞かれては堪《たま》らない。

「痛いな、放せよ!」

「差し詰め、笠井の野郎ってとこか?」

「先生はお前と違って、俺の嫌いなタバコは吸わないよ!」

「ふん!」

あえて否定しようとしないばかりか、むしろ挑発的な悠也の物言いに、上になった宗像の漆《しっ》黒《こく》の瞳が、にわかに悦《たの》しげな酷薄の色を滲《にじ》ませる。

「昔、俺が取材に行ったアマゾンの奥地では、不貞を働いた女がどうなるか教えてやろうか?」

「知るか、そんなこと！」

「串刺《くしざ》しだ」

「…っ！」

息を飲んだ悠也のベルトに、宗像の長い指が掛けられる。

手首を頭上で一纏《ひとまと》めに押さえ込まれた悠也は、必死のブリッジで応戦を試みた。

「やめろったら…！」

だが、抵抗も虚《むな》しく、カチャカチャと金属音を立てて、ベルトは簡単に外されていく。

決して小柄《こがら》ではない悠也だが、長身で逞《たくま》しい宗像との体格差は埋《う》め難《がた》く、勝負の行方《ゆくえ》は最初から決まっていた。

「いっ、いやだ…！」

引き抜かれた自分のベルトで手首を拘束《こうそく》され、シャツは着たまま下半身だけを裸に剝《む》かれ、犬のように四《よ》つん這《ば》いに、尻を高く上げさせられる羞恥《しゅうち》。

無慈悲に捩《ね》じ込《こ》まれてきた長い指に、悠也は悲鳴をあげた。

「痛っ…！」

「痛いだけって反応じゃないけどな？」

「あっ…く、うん…っ」

長い年月をかけて、淫《みだ》らに仕込まれてしまった内襞《うちひだ》の反応。

とはいえ、二ヵ月というもの、開かれることのなかった悠也の蕾《つぼみ》は、処女のごとく硬く閉ざされたままで、乱暴な愛撫《あいぶ》に応《こた》えて熱く蕩《とろ》け出《だ》すには、それなりの時間と手順が必要だった。

仮に、このまま串刺しにされてしまったら、一時の快楽は得られたとしても、その後の一週間は、まともに椅子にも座れないほど、恥ずかしい場所を傷つけられてしまうに違いない。

「や、やめてくれ…」

背に腹は代えられず、悠也は突《つ》っ伏《ぷ》したシーツに、ギリギリ精一杯の哀願を搾《しぼ》り出《だ》した。

一方、音を上げた悠也に、宗像はいくぶん子供っぽく、勝ち誇った笑みを浮かべた。

だいたい、宗像の指一本で悲鳴を上げるほど、慎《つつ》ましやかで固い蕾に、罰せられるような不貞が働けたはずもないのだ。

「いいだろう」

根元まで無理やり突き入れていた指を、宗像はゆっくりとそこから抜き取った。

「っ、く…ぁ…」

「ローションはどこにある?」

内襞を擦《こす》られる刺激に堪《た》えかねて、掠《かす》れた声を上げた悠也に、宗像が意地悪く尋《たず》ねてきた。

本当は、ベッドサイドの引き出しにあるのを知っていながら、あえて悠也の口から、自分と淫らに交わるために必要な小道具の在《あ》り処《か》を言わせようとする。

憤慨《ふんがい》し、抵抗する態度とは裏腹に、本音では欲情し、激しく犯されたがっている自分自身を、宗像は悠也に思い知らせたいのだ。

尤も、優美でたおやかに見えて、なかなかに意地っ張りでプライドの高い悠也は、そう簡単に宗像の思い通りにはならない。

シーツに突っ伏したきり、頑《がん》として返事をしようとしない悠也に、宗像は肩を竦《すく》めた。

もちろん、このまま力任せに押し入るのも一興だが、どうせなら、もっと淫猥《いんわい》な方法で、その鼻《はな》っ柱《ぱしら》を挫《くじ》いてやる方が悦しいに決まっている。

そもそも、硬質で清廉《せいれん》、その上、ちょっと融通《ゆうずう》が利《き》かないほど真っすぐで頑固なところが、悠也の堪らない魅力でもあるのだ。

「相変わらず強情だな?」

「っ、く…」

「でも、ま、少しくらいは譲歩してやってもいい」

そう言って、宗像は仰向《あおむ》けになるよう、悠也の軀をシーツの上に引っ繰り返すと、手首の拘束を解《と》いてから、ベッドサイドの引き出しに手を伸ばした。

果たして、中から取り出したローションのボトルは、宗像が出て行った二ヵ月前を最後に、まるで使った形跡がない。

「俺がいない間、よく後ろを弄《いじ》らずに我慢できたな?」

「っ…!」

わざとあからさまな言葉で揶揄《やゆ》し、嬲《なぶ》る宗像に、悠也がきつく唇《くちびる》を噛み締めて顔を背《そむ》ける。その軀に、宗像がどれほど淫らな快楽を教え込んでも、悠也はどこまでも貞淑《ていしゅく》で奥ゆかしい。

内に潜《ひそ》む淫蕩《いんとう》な欲求を捩じ伏せた、その禁欲的な風情《ふぜい》が、堪らなく宗像の欲望を誘った。

「いい子にしていた二ヵ月分、たっぷり可愛《かわい》がってやる」

「…っ！」

宗像は、膝立《ひざだ》ちで跨《また》がった悠也を見下ろしながら、自分のシャツに手をかけた。

脱ぎ捨てられた白いシャツの下から露《あらわ》になった、艶《つや》やかなブロンズ色の逞《たくま》しい筋肉の隆起《りゅうき》。

スレンダーだが、百七十センチある悠也の軀を、軽々と肩に抱えあげて二階まで運んだ宗像の肉体は、まるでミケランジェロの彫像のように官能的で美しく、悔《くや》しいけれど、うっとりと見惚《みと》れずにはいられない。

『ああ…』

がっしりとした肩にかかる、無造作に伸ばされた長い黒髪。

厚い胸板と、見事に引き締まって割れた腹筋。腰穿《こしば》きのジーンズから露出した腰骨《ようこつ》が、堪らなくセクシーな窪《くぼ》みを見せている。

そして、逞しく隆起したジッパーの奥に、自分を引き裂くどんな凶器が潜んでいるのかを、悠也は知っている。

『宗像…』

浅く漏《も》れだす扇情的《せんじょうてき》な吐息。

危うい誘惑に濡れた瞳で見上げている悠也を、同じように暗い欲望の宿った眼差《まなざ》しで、宗像が上から真っすぐに見据《みす》えている。

自分が欲情する雄《おす》なのだということを、二ヵ月ぶりに思い知らされる一瞬――。

「宗像…っ！」

しなやかに襲いかかってきた褐色《かっしょく》の獣に、悠也は白い喉《のど》を仰《の》け反《ぞ》らせた。

「は…ぁ、あ…っ！」

なめらかな象牙色《ぞうげいろ》の肌に牙を立てられ、甘く血を啜《すす》りとられる官能の痺《しび》れ。

熱く掻《か》き立《た》てられていく欲望に、悠也は切なく腰を捩《よじ》って身悶《みもだ》えた。

「は、ぁっ…んんっ…ぁあっ…！」

耳朶《じだ》、首筋、鎖骨の窪みへと、飢《う》えた舌を這《は》わされながら、淫らな昂《たか》ぶりに濡れた花芯を揉《も》みしだかれる悦《よろこ》び。

絡《から》みつく宗像の長い指を濡《ぬ》らして、クチュクチュと恥ずかしい音を立てる透明な滴《したた》りが、悠也を爛《ただ》れた羞恥へと駆り立てていく。

「こんなに溢《あふ》れさせて、厭《いや》らしいヤツだ」

「いっ、ぁあ…っ！」

握り込まれた先端の小さな窪みに、親指の爪《つめ》をグリグリッと立てられて、悠也は腰を跳ね上げた。

「おっと、まだ達《い》くなよ」

「やっ…あっ、あっ…！」

ビクビクと震える花芯から離れた宗像の大きな手が、軀を二つに折《お》り畳《たた》むように悠也の下肢《かし》を持ち上げる。

「や、ぁ…っ！」

露になった双丘《そうきゅう》の狭間《はざま》に、先ほどのボトルから搾《しぼ》り出《だ》されたローションがたっぷりと塗《ぬ》り込《こ》められる。

「やっ…ぅ、うん…っ！」

間を置かず、捩じ込まれてきた長い指に、悠也の蕾が反射的に収縮《しゅうしゅく》する。

しかし、溢れるほどに潤《うるお》されたそこは、今度はヌルヌルと滑《すべ》る指を拒《こば》もうとはしなかった。

いや、それどころか――。

「あっ、あっ…ぅ、ぅん…っ！」

緩急《かんきゅう》をつけて出し入れされる指に絡みつき、濡れた音を立てて蠢《うごめ》く内襞。

すぐに二本に増やされた長い指の圧迫感に歓喜して、浅ましいほどキュウキュウと淫らに締め付けてしまう。

それでも、二ヵ月もの間放置され、どうしようもなく飢《う》えて渇《かわ》いていた悠也の秘孔《ひこう》は、すぐに物足りなさを訴えて悶《もだ》えだす。

もっと張り裂けそうなほど一杯に満たして、奥深くまで擦り上げ、酷《むご》いほど乱暴に突き上げて欲しい。

「あっ、あっ…もっ、ぉ…っ！」

厭らしく溢れ出た蜜《みつ》に塗《まみ》れ、今にも弾けそうにヒクつく花芯。

ついに堪えきれず、悠也は宗像の指に犯されたまま、自《みずか》ら腰を蠢かせた。

その途端、根元まで含まされていた指が、ズルリと音を立てて引き抜かれ、代わりに、怖いほど猛《たけ》り勃《た》った肉の剣が、悠也の蕾を一気に刺《さ》し貫《つらぬ》いた。

「ひっ、ぁあぁ――――っ…！」

望んだ以上に圧倒的な力で、内側から押し開かれていく鮮烈過ぎる衝撃。

間髪《かんはつ》容れずに開始された情け容赦《ようしゃ》ない突き上げに、悠也は高い声を放って痙攣《けいれん》した。

「あっ、あっ、あぁっ…！」

突き立てられた所有の楔《くさび》によって、残酷に繰り返される鋭い律動の嵐。

内襞を穿《うが》つ巧《たく》みなストロークに、悠也は夢中で宗像の背中に爪を立てた。

「んっ、んっ…やぁ…っ！」

瞬間、自らの腹を汚して、白く飛沫《しぶ》いた悠也の花芯。

「悠也…っ！」

「——あっ…あぁっ…！」

透《す》かさず、軀の最奥に放たれた欲望の奔流《ほんりゅう》に、悠也は気が遠くなった。

だが、褐色の獣が一度で満足することはない。

時を置かず、再び猛りだした肉の凶器に、淫らに応《こた》えはじめようとする内襞の粘膜《ねんまく》。

恥ずかしく軋《きし》むベッドの音が、途絶《とだ》えることなく淫靡《いんび》に響き続けていた。

*　*　*

そして、迎えた翌日——。

努めて平静を装《よそお》っていたが、出社した悠也《ゆうや》は、昼近くなっても猛烈に不機嫌だった。

『チクショウ！　宗像《むなかた》のヤツ…！』

真っ白に洗い上げた清潔なシャツの下で、今も妖《あや》しく疼《うず》き続《つづ》けている淫《みだ》らな欲情の記憶。

結局、昨夜は二ヵ月の音信不通の末、何食わぬ顔で戻ってきた宗像に、悠也は東の空が白みはじめるまで、何度となく犯された。

当然のことながら、今の悠也は、こうしてデスクでパソコンに向かっているのも辛いほど、軀中《からだじゅう》が悲鳴を上げている。

それなのに、悠也を貪《むさぼ》り尽《つ》くした宗像は、今頃、怠惰《たいだ》な午睡《ごすい》の真っ最中に違いない。

『満ち足りた顔しやがって…！』

悠也が出かけるときには、まだベッドの中ですやすやと寝息を立てていた宗像の寝顔を思い出して、悠也は胸の中で毒づいた。

だいたい、何だって毎度毎度、悠也があんな身勝手な人でなしを許して、受け入れなければならないのだろうか。

いや、決して許しているわけではないのだけれど、昨夜のように抱かれてしまえば、結局は同じことの繰り返し。

『帰ったら、今度こそ絶対に追い出してやる…！』

猛烈に納得のいかない朝を迎える度《たび》に、悠也はいつだって心にそう誓うのだが、その強い決意が実行に移されたことは、これまでに一度もない。

なぜなら、こうして激しく苛《いら》立《だ》ち、散々に穿《うが》たれた軀に苦悶《くもん》しながらも、その一方で、悠也はお腹《なか》一杯ミルクを飲んだ赤ん坊みたいに、ひどく満ち足りているからだ。

『ああ、もう最悪だ…！』

認めたくはないけれど、欲望とは無縁に楚々《そそ》とした聖人面《づら》の下で、自分がどれほど浅ましく男に飢《う》えていたのか、惨《みじ》めに思い知らされずにはいられない。

あえて宗像にではなく、男に飢えていたのだと、悠也が自分自身を貶《おとし》めた考え方をするのは、心身ともに宗像の不在に堪《た》えかねていた現実を、受け入れたくないという、せめてもの抵抗だ。

『クソッ！　腹の立つ……！』

毎度のことながら、自分でも対処しきれない矛盾と不条理に苛《さいな》まれて、悠也はパソコンのエンターキーを、八つ当たりするみたいに乱暴に叩いた。

尤《もっと》も、体調が優《すぐ》れず、精神状態が乱れていたとしても、記者歴十年目を迎えた悠也の仕事に抜かりはない。

「よし、これでオッケー」

地方版に載せる原稿をプリントアウトし、デスクと二、三打ち合わせした後、悠也は少し早めの昼休みに入ることにした。

「午後はそのまま、深川《ふかがわ》総合病院に取材に行ってくるから」

隣に座る派遣社員の美和《みわ》に声をかけてから、上着と鞄《かばん》を持って立ち上がる。

しかし、悠也が向かった先は、社員食堂でも、近場の飲食店でもなかった。

実を言うと、さすがに今朝はバタバタするあまり、昨日、せっかく打ち合わせをした病院の事務局長から貰《もら》った資料を、悠也は家の机の上に置いてきてしまったのだ。

何があっても、仕事はきっちり熟《こな》す悠也だが、やはり、宗像が戻ってきたことによる影響は否《いな》めない。

とはいえ、幸いにも病院がある場所は、支局と自宅の中間辺りで、急げば約束の時間に遅れることはなさそうだ。

『家に戻ったら、ついでに宗像のヤツを叩き起こしてやろうか…?』

不意に思いついた、せめてもの意趣返し。

夜になれば、また押し倒されて有耶無耶《うやむや》にされかねないが、昼日中の今なら、勝手な宗像に意見して、きっちり「出て行け!」と言えるかもしれない。

『滅多にしない忘れ物も、そう考えれば悪くないか…』

支局の地下駐車場を出た悠也は、自宅に向かってハンドルを切ったのだった。

ところが――。

『えっ…?』

自宅に着いた悠也は、飛び込んできた予想外の光景に、すっかり虚《きょ》を衝《つ》かれてしまった。

てっきり、まだベッドの中だと思っていた宗像が、大工道具を手に、庭先に出ていたからだ。

しかも、日当たりの良い縁側には、お茶を入れた祖母がニコニコしながら座っている。

「む、宗像…それに、お祖母《ばあ》ちゃんも…」

一瞬にして、ひどく不利な状況になっていることを、悠也は察知した。

「おや、悠也かい? ちょうど剛《ごう》ちゃんに、雨樋《あまどい》を直してもらっていたところだよ」

「お祖母ちゃん…」

案の定、祖母の口から出た耳の痛いセリフに、悠也は顔を顰《しか》めた。

老朽化《ろうきゅうか》が進み、あちこち手入れを必要とする家だが、中でも雨樋の修繕《しゅうぜん》は、最も急を要するものだったからである。

「お前も男なら、ばあちゃんに頼まれたら、すぐに直してやれよ」

「うるさいな！　今週末には、ちゃんとやろうと思ってたんだよ！」

自分でも、次に雨が降ったらマズイと思っていた悠也だが、ついつい日々の雑事にかまけて後回しにしていた怠慢《たいまん》を、ふらりとやって来た宗像から指摘されればカチンとくる。

だいたい、天気予報は今週末まで、晴れマークのオンパレードだったのだ。

とはいえ、ネイティブ・アメリカンの祖父から、子供の頃に手ほどきを受けたのを皮切りに、今では危険の多い仕事柄《がら》、かなり高度なサバイバル術全般を身に付けている宗像にとって、日曜大工などは朝飯前で、実のところ、羽柴家《はしばけ》の修繕の八割方が、彼の手によるものだった。

そんな事もあってか、宗像は昔から祖母の大のお気に入りで、未《いま》だに「剛ちゃん」とらしからぬ可愛《かわい》い呼び方をされるのには、いつも失笑してしまう。

そして、その来訪《らいほう》を大歓迎する祖母の存在が、これまで悠也が宗像を追い出せずにきた、大きな要因となっているのは間違いない。

実際、祖母に呼ばれて縁側に腰を下ろし、お茶を飲む宗像の姿を見ていると、いったい、誰が本当の孫なのか、悠也自身も疑いたくなってくるほどだ。

『ああ、また追い出し損ねた…』

悠也は口をへの字にしたまま、心の中で深いため息を吐《つ》いた。

こんな状況を繰り返しているからこそ、庭にある離れは、この十五年間で一つ増え、二つ増えしていった宗像の私物置き場と化しているのだ。

『まったく、アイツときたら…！』

しかし、宗像は決して、計算尽くで年寄りに取り入るような男ではない。

「剛ちゃん、これもお上がり。美味《おい》しいよ」

「ありがとう、ばあちゃん」

祖母が差し出す菓子器から、醤油《しょうゆ》垂《だ》れがたっぷりついた焙《あぶ》り煎餅《せんべい》を受け取る宗像の、屈託《くったく》なくも明るい笑顔。

見慣《みな》れた戦士の鋭い精悍《せいかん》さはすっかり影を潜《ひそ》め、穏やかで優しいオーラが、宗像の躯全体を包み込んでいるようだった。

『このまま、時間が止まってしまえばいいのに…』

不意に、切なく脳裏を掠《かす》めていった願望に、悠也はハッとした。

そう、わざわざ悠也が追い出さなくても、どうせ宗像は、直《じき》に閑《のど》かで平和な庭に飽《あ》きて、再びきな臭《くさ》い危険地帯へと飛び出していく。

残された悠也を待ち受けているのは、また電話一本、メール一通ない音信不通の日々だ。

『宗像…！』

何ヵ月もの間、確かな生存を知る術《すべ》もないままに、宗像が世界のどこかで人知れず倒れているのではないかと気を揉《も》み、惨事《さんじ》を伝える海外メディアに不安と恐怖を掻《か》き立《た》てられる毎日を思うと、今から気持ちが塞《ふさ》がずにはいられない。

だが、悠也が何を思い、何を言ってみたところで、結局、宗像は出て行ってしまう。

『考えても仕方がないんだ…』

悠也は伏し目勝ちに、縁側の光景から目を逸《そ》らした。

そうでなくとも、今は二時に約束した深川総合病院へ急がなくてはならないのだ。

「お祖母ちゃん、悪いけど、これからまた取材なんだ」

悠也の分もお茶を入れようとする祖母を断って、悠也は資料を置き忘れた自室に向かった。

果たして、書類を手に戻ってきた悠也は、再度、予想外の光景に虚を衝かれることとなった。

乗り込もうとした自分の車の助手席に、何と宗像が陣取っていたからである。

「取材なら、俺も同行してやる」

「宗像…！」

ふざけるなと、怒鳴りつけてやりたくなる一瞬。

だいたい、連れて行ってくれと頼むならまだしも、偉《えら》そうに同行してやるとは、いったい、どういう言い草だろうか。

とはいえ、時間が押している今、どうせ徒労に終わるに決まっている俺様男の排除に、余計な手間暇をかけている場合ではない。

「勝手にしろ！　邪魔したら、承知しないからな！」

一言釘を刺してから、不承不承、悠也は車を発進させた。

ちなみに、悠也はこの三ヵ月あまり、ルーチン・ワークの傍《かたわ》ら、来月から五回シリーズで日曜版に特集記事を組む予定になっている、地域医療が抱える問題と危機意識についての取材を続けてきた。

増大する医療費の抑制《よくせい》が全国的に叫ばれて久しい昨今、この地方都市でも、公立病院の赤字経営は深刻で、採算が取れない産科や小児科は次々と閉鎖され、医師や看護師の不足から、急患を受け入れる余裕のない病院が増え続けている現状がある。

五年前に脳梗塞《のうこうそく》を発症した高齢の祖母を持つ悠也にとって、実に気が気ではない状況だ。

そんな訳で、今日は特集の三回目に載せるテーマ、《疲弊《ひへい》する看護師たち》のために、地域医療の中核を担《にな》う深川総合病院の協力の下、現役の若い女性看護師五人に集まってもらい、インタビューを行うことになっているのだった。

「宗像、本当に余計なこと言うなよ！」

病院の裏手にある駐車場で車を降りた悠也は、再度、ダメ元で宗像に注意した。

それというのも、初対面の女性看護師を五人も相手に、本音を引き出すだけでもプレッシャーだというのに、同行した宗像の不遜《ふそん》な態度が、万が一にも彼女たちの気に障《さわ》るようなことがあれば、取材自体が頓挫《とんざ》しかねないと思ったからだ。

「おい！　聞いてるのか！」

「ああ、わかった、わかった。本当に心配性だな、お前は」

「何だと！」

「そんなにカリカリしなくても、今日の俺は、お前の専属カメラマンになってやるよ」

そう言って、愛用の一眼レフを入れた斜《なな》め掛《が》けバッグを軽く叩いてみせると、宗像はさっさと建物に向かって歩き出した。

「ちょ、ちょっと待てよ、宗像…！」

確かに、インタビュー中のスナップ写真を頼めるカメラマンがいれば、悠也はその分、取材に専念できるだろう。

それでも、宗像から軽くあしらわれた感は、どうしたって否めない。

『ふざけるなよ、まったく…！』

しかし、プリプリしながら宗像の後を追った悠也は、僅《わず》か十分後には、自分の心配がまるで的外《まとはず》れだったことを思い知らされた。

なぜなら、たとえ仕事とあっても、大勢の若い女性を前にすれば、どうしても気後《きおく》れしてしまう悠也に代わって、勝手に同行してきた宗像が、取材対象である看護師たちの心をがっちり摑《つか》んでしまったからだ。

実際、取材場所に提供されたカンファレンス・ルームに入った途端、二十代が中心の若い看護師たちは、長身でワイルドな宗像のエキゾチックな容貌《ようぼう》に、すっかり釘づけになった。

「ええと、これはカメラマンの――」

一応、自分の名刺を渡しつつ、彼女たちに宗像を紹介しようとした悠也だったが、その必要はまったくなかった。

本格的にカメラを趣味にしているという一人が、宗像のことを詳《くわ》しく知っていたからだ。

「いやだ、本当に宗像剛…⁉」

椅子を蹴《け》って立ち上がった彼女は、呆気《あっけ》にとられる悠也を余所《よそ》に、マグナムXに所属する、世界的にも有名な報道カメラマンである宗像剛の経歴を、驚くほどの早口で同僚の看護師たちに捲《ま》くし立《た》てた。

「見ましたよ、月刊フォトジャーナル！　《世界の危険地帯を駆け抜ける鬼才！》には、本当に興奮しちゃいました！　アタシ、あなたの大ファンなんです！」

まるで憧《あこが》れのアイドルを目の前にした、中高生のようなハイテンション。

彼女の猛烈な熱狂振りに押されてか、他の四人の看護師たちも、一挙に宗像への興味を深めてしまったらしい。

果たして、彼女たちの関心を一身に集めた宗像は、取材用のICレコーダーをセットした悠也の見ている前で、驚くべき行動に出た。

「きみたち看護師さんなら、この傷、見てくれないかな?」

宗像はそう言うと、いきなり上着を脱ぎ捨て、Tシャツをたくし上げて背中を向けた。

「なっ…!?」

その非常識な振る舞いにギョッとしたのはもちろんだが、悠也を本当の意味で震撼《しんかん》させたのは、露《あらわ》になった宗像の逞《たくま》しい褐色《かっしょく》の背中を走る、生々しく大きな袈裟懸《けさが》けの傷痕《きずあと》だった。

「イラクから戻った直後の六週間前、チャイニーズ・マフィアが仕切る麻薬取引に深入りしすぎてね。カメラを構えていたところを、背中から青龍刀《せいりゅうとう》で斬《き》り付《つ》けられたんだ」

事もなげに言ってのけ、間一髪のところで深手には至《いた》らなかったものの、厚手の革《かわ》ジャンを着ていなければ、死んでいたかもしれないと笑う宗像に、悠也は顔面蒼白になった。

『聞いてないぞ、そんなこと…!』

昨夜は明け方まで何度も犯され、一度ならず夢中でしがみ付いたその背中に、こんな恐ろしい傷痕があったことに、与えられた快楽に溺《おぼ》れるあまり、今の今まで、まるで気づかなかった自分自身が恥ずかしい。

いや、それ以前に、宗像が六週間前、危うく死にかけたなんて話、悠也は一度だって聞かされていないのだ。

そう、もしかしたら、宗像が死んでいたかもしれないなんて――――。

『宗像…！』

全身の血の気が引いて、指先が氷のように冷たくなっていく。

その途端、悠也の脳裏を過《よ》ぎっていったのは、今週号のタイム誌に掲載されていた、38口径《こうけい》が真っすぐこちらを狙《ねら》う、あの衝撃の一枚だった。

『あの時だって、死んでいても不思議はなかった…！』

改めて襲ってくる、絶望的な思い。

もちろん、宗像が日々曝《さら》されている命の危険については、十分に理解しているつもりでいた。けれど、こうして生々しい傷痕を目《ま》の当たりにすると、苦痛に満ちた死の恐怖が、鋭い現実味を帯びて、激しく悠也の胸に迫ってくる。

それなのに、すぐには声も出ないほどショックを受けている悠也を無視して、宗像は騒然とする若い看護師たちを相手に、あれこれセンセーショナルな話を続けている。

「最寄りのERなんかに駆け込んだら、病院のベッドで寝首を掻《か》かれること受け合いだったからね。モグリの医者で傷口を縫《ぬ》ってもらうのに、また猛烈に冷汗を掻いたよ。何せ、ちょっと笑えない衛生状態の地下室だったからさ――――」

どんな場合にも、仕事だけはきっちり熟してきたはずの悠也が、今はすっかり上《うわ》の空《そら》で、ただ準備してきた質問を、宗像の話の合間合間に入れることしかできない。

時折、宗像が撮るカメラのフラッシュが瞬《またた》いて、その度《たび》に、悠也はビクッと身を竦《すく》ませた。

終わってみれば、本当にあっと言う間の二時間だった。

実際、インタビューの終了を告げに、事務局長がカンファレンス・ルームの扉をノックするまで、悠也には、時間の感覚がなかったように思えたほどだ。

「――今日は本当に、どうもありがとうございました…」

実感が湧《わ》かないままに、礼を言った悠也は、ICレコーダーのスイッチを切った。

尤も、悠也自身がこの有り様では、二時間分の録音に大した期待は持てず、後日、改めて取材のやり直しをする可能性が濃厚だ。

『どうして、こんな…』

肩を落としてため息を吐いた悠也に、カメラの画像チェックをしていた宗像が振り返った。

「どうかしたか？」

「宗像…」

ひどく名残惜《なごりお》しそうに、なかなかナース・ステーションに戻ろうとしなかった五人の看護師たちも、事務局長に追い立てられて、気がつけば、カンファレンス・ルームには悠也と宗像の二人だけになっている。

「ほら、追加の取材が必要なら、時間外でもオッケーだそうだ。ご丁寧に五人とも、携帯のナンバーとメアドまで教えてくれたよ」

まるで合コンに出たナンパ男みたいに、のほほんとデータの入った携帯電話を差し出す宗像に、悠也は思わずカッとなった。

「何がナンバーとメアドだ…！　ふざけるな…っ！」

「お、おい、悠也…？」

いきなり、叩き落とすみたいに振り払われた携帯に、らしくもなく宗像が目を丸くする。

これではヒステリー女みたいだと思ったが、声を荒らげた悠也には、もう自分を抑《おさ》えることができなかった。

「青龍刀で斬られたなんて、聞いてない…！」

「悠也…」

「そんな背中の傷…！　死にそうになってたなんて…！」

不覚にも、込み上げてきた涙で、悠也は言葉尻を詰まらせた。

『チクショウ…ッ！』

どうしようもなく騒ぎ立つ、狂暴で苛烈《かれつ》な思い――。

気がついたときには、悠也は猛然と宗像の胸元を絞《し》めあげていた。

「お前なんか、どこででも野たれ死にすればいいんだ…っ！」

吐き出される言葉とは裏腹に、ドッと溢《あふ》れだす熱い涙。

「お前みたいな勝手な男…！」

「悠也」

激昂《げっこう》して身を震わせる悠也の肩を、宗像が抱き寄せた。

「大丈夫、俺はお前に内緒で死んだりしないさ」

「うるさい…！　バカ野郎…！」

「いいから信じろよ。俺はお前より先には絶対に死なない。それだけは約束するから」

「そ、そんな、いい加減なこと…！」

約束と呼ぶには、あまりにも確証のない絵空事だった。

それでも、「俺は不死身だから」と繰り返す宗像の大きな手に、あやすように背中を撫《な》でられていると、信じたいという強い思いが、悠也の胸を震わせる。

『宗像…！』

堪らなくなって、悠也は自分を抱く宗像の首に両腕を回してしがみ付いた。

ここは取材先の病院で、ドアには鍵もかかっていない。

こんなところを誰かに見られたら、少なからず閉鎖的な地方都市での体面を、きっと悠也は失ってしまうだろう。

しかし、悠也は込み上げてくる衝動に勝てなかった。

「嘘だったら、殺してやるからな…！」

意味の通らない脅《おど》し文句を叫んで、悠也は嚙《か》み付《つ》くように宗像の唇《くちびる》を塞いだ。

『宗像、宗像、宗像…っ！』

熱く絡み合う舌と、互いの息を奪い合うかのように激しく濃密な口づけ。

もどかしく貪り合う一瞬に、二人はどうしようもなく溺れていった。


さて、それから三時間後、支局に戻った悠也の機嫌は最悪だった。

『クソッ！　またアイツのペースに乗せられてしまった…！』

散々な内容となった取材だけでも腹立たしいのに、宗像のせいで、すっかり自分を見失った悠也は、事もあろうに、昼日中の取材先で濡れ場の一端を演じてしまった。

あの後、カンファレンス・ルームの机に押し倒されなかったことだけが、今となってはせめてもの救いだ。

ところが、自《みず》らの失態と腑甲斐《ふがい》なさに頭を掻《か》き毟《むし》ろうとした悠也は、次の瞬間、ハッとした。

『えっ…？　だって、これは…！』

どうせムダだろうと思いつつも、確認のために、イヤホンで聞きなおしていたICレコーダーの録音に、驚くべき内容が入っていたからだ。

確かに、最初の三十分ほどは、何の参考にもならない雑談と嬌声《きょうせい》ばかり。

しかし、時が進むにつれて、看護師たちはリアルで危険な現場の状況を口にしはじめる。

『えっ⁉　それって、明らかに医療ミスなんじゃ……！』

採算重視に偏《かたよ》った経営方針の下、人材不足によるオーバーワークが続けば、看過《かんか》できない状況が生まれるであろうことは、誰の頭にも簡単に想像がつく。

とはいえ、疲弊し切った現状を声高に訴える者はあっても、それにより、自分や周囲が実際に犯してしまった医療ミスについて、正直に話す者は少ない。

理由はもちろん、罪に問われ、訴訟を起こされる危険性があるからなのだが、ＩＣレコーダーに録音された五人の看護師たちは、途中から、まるで競い合うようにして恐怖の体験談を語りはじめる。

彼女たちから、明らかに自分たちの不利になる危うい話を引き出しているのは、言うまでもなく宗像だ。

「――アメリカのＥＲって、ちょっとした戦場だよ。銃創《じゅうそう》患者も珍しくないから、処置の途中で死ぬヤツも多い。医療スタッフって、本当に大変だね？　きみたちはどう？」

雑談の合間に、宗像がさり気なく水を向けると、彼女たちは大喜びで過重な勤務状況を語り、カバーしきれない業務や、単純な投薬ミスに冷や汗を掻いたと嘆いてみせる。

実際、そんなに多くを尋ねているわけではないのに、宗像が一言発する度に、五人の女たちが先を争って、その関心を惹こうとする構図は、まるで熟練のホストかと思えるほどに見事な手口だ。

「ところで、モグリの医者って言えば、医師免許がないわけだけど――」

宗像の次の一言に、今度は、医者にしか許されない医療行為が、自分たちの病院でも日常的に看護師の手によって行われている実態が語りだされる。

公平に、平等に扱っているようでいて、絶妙な匙《さじ》加減で五人の女たちの競争心を煽《あお》り、その話を次々と引き出していくテクニック。

『宗像のヤツ、いつの間に…！』

完全に手玉に取られている彼女たちの発言を、もちろん、一から十まで鵜《う》呑みにするわけにはいかないが、結果的に見て、悠也は宗像のおかげで想定外に踏み込んだ取材に成功したことになる。

インパクト抜群に、宗像がいきなりシャツを脱いで傷痕を見せ、ＥＲには行かず、モグリの医者に縫合《ほうごう》させた話をしたのは、この成果を得るためだったのかと思うと、記者としての悠也も脱帽だ。

『俺のために、宗像はあんなパフォーマンスを…？』

思えば、マグナムＸに所属するほどの男が、地方の日曜版に載せる看護師のスナップ写真を撮る必要など、あろうはずもない。

おまけに、宗像が率先して五人分の個人情報を手に入れてくれたおかげで、悠也は今後、当然必要となるであろう、追加の取材や確認作業にも困らない。

『宗像…』

別れ際、宗像から受け取った写真のデータをパソコンに取り込みながら、悠也は唇を噛み締めた。

もちろん、こんな事くらいで、毎度毎度、何ヵ月もの音信不通を続ける身勝手な宗像の非道を、帳消しにしてやるつもりは微塵《みじん》もない。

だが、宗像が来日早々、悠也のためだけに、用もないのに行動してくれたのは確かな事実だ。

ましてや、危険な戦場を渡り歩き、内乱や紛争の只中《ただなか》にも赴く一方、時に犯罪組織の実情に迫るべく、潜入取材すら試みる宗像の日常は、悠也には想像も出来ないほどのストレスに曝され、神経を磨《す》り減《へ》らすものに違いない。

ならば、一触即発の現場を離れ、命の危険とは無縁な日本にいるときくらい、当座は心行くまで惰眠《だみん》を貪り、のんびり英気を養いたいと願って当然だ。

『それなのに、宗像は…』

簡単に絆《ほだ》されて堪《たま》るものかと思いつつも、心の底では、既《すで》に許してしまっている自分がいる。

しかし、パソコンの画面上に、白衣の天使たちの姿が次々と映し出されていくにつれて、それを見ている悠也の胸には、また別の感情が渦巻《うずま》きはじめた。

健康的で、若く溌剌《はつらつ》とした中にも漂《ただよ》う、女性らしく柔らかな趣《おもむき》と、その奥に見え隠れする、僅かに媚《こび》を含んだ色香。

記事の内容如何《いかん》によっては、顔写真を載せるわけにはいかなくなるが、彼女たちの瞳が黒々と輝き、その表情に独特の高揚感《こうようかん》が見て取れるのは、写真を撮る宗像を意識しているからに違いない。

果たして、ファインダーを覗《のぞ》く宗像の瞳に、彼女たちが垣間見《かいまみ》せる媚態《びたい》は、いったい、どう映っていたのだろうか。

『宗像…』

そう、写真を見つめる悠也の胸に巣食う感情は、彼女たちに対する嫉妬《しっと》だ。

それというのも、宗像は悠也や笠井《かさい》と違って、同性愛者ではない。

だから、確かに十五年の付き合いはあっても、本来は女性とも愛し合える宗像にとって、自分が本当はどういう存在なのか、悠也は深く突き詰めて考えるのが怖い。

何しろ、常《つね》に命の危険と隣り合わせで、年に合計八ヵ月も家を空《あ》けるような男が、女性と長く安定した関係を結ぶのは、ほぼ不可能に近いだろう。

その点、男の悠也が相手なら、子供が出来る危険性も、結婚を迫られる心配も一切ない。

報道カメラマンとしての仕事が第一の宗像にとって、無駄な煩《わずら》わしさもなく、束縛とも無縁な悠也との関係は、実に気楽で便利なだけのものではないのか――。

しかし、この十五年に亘《わた》る、自分にとっては掛け替えのない歳月が、宗像にとっては、単にそれだけの価値しかないと疑うとき、悠也はいつも堪え難い苦痛に苛まれる。

『もう、やめよう…！』

放っておけば、頭を一杯にするばかりの卑屈《ひくつ》な考えを、悠也は必死に追い出そうとした。

けれど、どんなに片隅に追い遣ってみたところで、いつの頃からか、埋み火《うずみび》のように自分の内で燻《くすぶ》り続《つづ》けている密かな疑念が、悠也の頭から消え去ることはない。

確かな約束も、将来の展望も築けないままに、ただ、いつ終わるとも知れず、その日限りの時を積み重ねていくだけの不毛な関係——。

そうした中で、十五年前には初々しい少年の面影《おもかげ》を残していた悠也も、今や三十二歳の大人の男となった。

容姿の上で、殊更に自分が女性的だと思ったことはないが、このまま歳を取り、今より容色が衰《おとろ》えていったとき、男が好きだというわけではない宗像との関係は、果たしてどうなってしまうのだろうか。

或《あ》いは、そこまで時が流れる前に、もし、宗像の身に何かあったら——。

『やめてくれ…！』

脳裏を掠めた最悪のシナリオに身震いして、悠也は写真のデータファイルを閉じた。

もう宗像を、どこにも行かせたくない。

けれど、どんなに切実に願ったところで、あと一週間か二週間、長くても一ヵ月後には、あの命知らずの身勝手な男は、悠也を置いて行ってしまう。

いったい、悠也はいつまで、この先の見えない不安定な関係に、ひとり甘んじていなければならないのだろうか。

『宗像…！』

残業を続ける悠也の心には、気がつけば、暗澹《あんたん》たる思いが切なく渦巻いていた。

＊　＊　＊

《――フランス人ジャーナリスト、またもK共和国で行方《ゆくえ》不明…！》

朝一番でロイター通信が伝えたニュースに、悠也《ゆうや》はこれで何人目の行方不明者になるだろうかと、弓なりの眉《まゆ》を僅《わず》かに顰《ひそ》めた。

ソビエト連邦の崩壊に伴《ともな》い、独立を果たしたK共和国は、小国ながらも、いち早く民主化に取り組む一方、ロシアとの良好な関係維持《いじ》に尽力《じんりょく》する、国際的なバランス感覚に優《すぐ》れた民族国家だった。

しかし、三年ほど前に勃発《ぼっぱつ》したクーデターで、軍事独裁政権が誕生して以降、国内では抵抗勢力に対するリンチ擬《まが》いの制裁が横行し、取材に入った外国人ジャーナリストが行方不明となる事件が頻発《ひんぱつ》している。

世界の警察を自任し、人権問題にも厳しい目を向けるはずのアメリカが、この許《ゆる》し難《がた》い状況を事実上黙認しているのは、アフガニスタンで展開する対テロ作戦に向かう米軍に、K共和国が有償《ゆうしょう》ながらも、駐留基地を提供しているからだ。

『ふざけた話だ…！』

報道を担《にな》うジャーナリストの端くれとして、K共和国で起こるきな臭《くさ》い事件を耳にする度《たび》に、悠也は軍事独裁政権に暗い怒りを覚えると同時に、大国の勝手な論理に正義感がギリギリと歯《は》嚙《が》みするような思いに囚われた。

とはいえ、事件は所詮《しょせん》、遠い国での出来事に過ぎず、強い憤《いきどお》りを感じたところで、それはあくまでも対岸の火事に対するものと大差なかった。

そう、ある瞬間が訪れるまでは――。

『ま、まさか…！　アイツ、今度はK共和国に行くつもりなのか…！』

宗像《むなかた》が風呂に入っている間、何気《なにげ》なく立ち上げたままになっていたパソコンを覗《のぞ》き込《こ》んだ悠也は、心臓が止まりそうになった。

画面上には、K共和国に関する詳細なデータが映し出されており、慌ててファイル検索をかけてみると、他にも取材用と思われる様々な情報を溜《た》め込《こ》んだフォルダーが、いくつも検出されたのだ。

『ああ、そんな…！』

宗像の突然の帰還から二週間あまり。

それなりに続いていた平和な一時《ひととき》は、とうとう終わりを告げた。

『どうして選《よ》りにも選って、あんな危険な国に…！』

絶望的な思いに駆られながらも、悠也はK共和国に関する宗像のファイルを、どうにか自分のUSBメモリに落とし込んだ。

今は他人の情報を盗む罪悪感よりも、自分を置き去りにして、K共和国に向かう宗像の後ろ姿しか思い浮かばない。

そして、その旅立ちの日は、悠也のすぐ目の前まで迫っている。

「どうかしたのか？」

やがて、長い黒髪をタオルで拭《ふ》きながら戻ってきた宗像に尋ねられて、悠也は視線を逸らしたまま、黙って首を振った。

ここで口を開いたら最後、宗像を盛大に責めるヒステリックな罵《のの》りの言葉が、次々と機関銃のような勢いで飛び出してしまいそうで怖い。

今、そんな風に悠也が激しく取り乱し、行かないでくれと大声で泣き喚《わめ》いたりしたら、きっと宗像は嫌気が差して、明日にでも荷物を纏《まと》めて出て行ってしまうだろう。

いずれ避《さ》けられない事態だとしても、悠也はその時を、少しでも先延《さきの》ばしにしたかった。

一方、何も知らない宗像は、悠也の素っ気《そけ》なさを、単なる不機嫌と受け取ったらしい。

「拗《す》ねるなよ」

「…っ」

伸びてきた長く逞《たくま》しい腕。

ベッドに押し倒された悠也は、唇《くちびる》を噛み締めて僅かに顔を背《そむ》けた。

組み敷かれたまま抵抗しようとしないのは、問題と向き合うより、楽な方法に逃げようとしているからに違いない。

それでも、こうしていれば、今だけでも宗像を失わずにいられる。

「はっ…ぁ、あん…っ」

仰《の》け反《ぞ》った首筋に這《は》わされる、熱く淫《みだ》らな舌先。

浅ましく奥まで蕩《とろ》け出《だ》した蕾《つぼみ》を貫《つらぬ》かれ、残酷に突き上げられるマゾヒスティックな刹那《せつな》の悦《よろこ》びに、悠也はすべてを忘れて酔《よ》い痴《し》れた。

だが、やがて訪れた忘我《ぼうが》の際にも、去って行く宗像の背中が、悠也の脳裏から消えることはない。

『行くな、宗像…！　行かないでくれ…！』

灼《や》けるような悦楽の嵐に翻弄《ほんろう》されながらも、悠也はただ、それだけを願っていたのだった。

さて、それからの数日間、悠也は宗像の出立の時を恐れて、暗澹《あんたん》たる毎日を送っていた。

さすがに黙って姿を消されたことはないものの、宗像はいつだって、「明日、出かける」と唐突に言い出しては、何ヵ月も音沙汰《おとさた》がなくなるのだ。

しかも、今回に限っては、事前にその行き先がわかっている。

危険なのはいつもの事でも、一旦、それを知ってしまうと、悪い想像ばかりが際限もなく広がり、これまで以上に悠也の不安と恐怖を煽《あお》り立《た》てる。

事実、圧倒的な軍事独裁政権が誕生してからというもの、K共和国は他国との戦争状態にあるイラクやアフガニスタンよりも、ある意味、ずっと危険な恐怖国家に思える。

その徹底した情報管理と秘密警察による人民統制は、時に容赦《ようしゃ》のない弾圧や粛清《しゅくせい》を呼び、多くの無辜《むこ》の血が流されている惨状《さんじょう》については、外国人ジャーナリストたちが、文字通り命懸けで伝えているところだ。

そして、使命感に燃える彼らの多くが、基本的に海外メディアを受け入れないK共和国に、危険を冒して密入国を図《はか》り、帰らぬ人となっている。

『ああ、こんなの、もう堪《た》えられない……！』

ところが、迫り来る時に怯《おび》える悠也に、災《わざわ》いは思わぬところから襲ってきた。

「羽柴《はしば》さん、二番に病院からお電話です！」

「えっ⁉」

派遣社員の美和《みわ》に促《うなが》されて、慌てて外線二番を取った悠也は、まったく予想していなかった祖母の死を知らされることとなった。

「そっ、そんな…！　まさか…！」

享年八十七歳――。

考えてみれば、いつ何時、こうなっていても不思議はない年齢だった。

それでも、病院に駆けつけた悠也は、信じられない思いに激しく動揺《どうよう》していた。

「お祖母《ばぁ》ちゃん…！」

悠也にとっては、最後の家族。

離婚した両親に代わって、二歳の悠也を引き取り、愛情を注《そそ》いで育ててくれた祖母に、悠也はついに曾孫《ひまご》の顔を見せてやることができなかった。

「ごめんね、お祖母ちゃん…！」

病院のベッドに横たわる祖母の姿は、何だか一回り小さくなったみたいに感じられて、悠也は堪えきれずに嗚咽《おえつ》した。

最愛の祖母だと言いながら、ここ最近の悠也は雑事にかまけて、あまり良い孫ではなかったように思われてならない。

『あの壊《こわ》れた雨樋《あまどい》だって…俺が修理してやればよかった…！』

たとえ曾孫の顔は無理でも、自分に出来る事は他にいくらでもあったのだという後悔の念が、悠也の胸を締め付ける。

肩を震わせて涙する悠也にとって、せめてもの救いは、祖母が最期を迎えたとき、独りぼっちではなかったことだ。

『――ありがとう…宗像…』

台所で倒れた祖母を抱えて救急車に乗り、間に合わなかった悠也の代わりに、その手を最期まで握っていてくれたという宗像。

もし、宗像がいなければ、誰にも看取《みと》られずに冷たくなった祖母の亡骸《なきがら》を、帰宅した悠也が発見することになったのだ。

最悪の事態だけは避けられたことに、僅かながらも安堵《あんど》を覚える一瞬。

しかし、本物の試練が悠也を襲ってきたのは、葬儀一式を終えてからだった。

「ただいま…」

今度こそ、本当に誰も応《こた》える人のいなくなった家の中。

以前から大き過ぎると思っていたが、祖母を失った家は、ポッカリと穴が開いたようにガランとして、玄関を入った途端、悠也は堪らない寂寥感《せきりょうかん》に苛《さいな》まれた。

女性を愛せない悠也は、二度とこの家で、自分の家族を持つことはできないのだ。

『ああ…！』

込み上げてくる絶望的な孤独感に、悠也は胸を詰まらせた。

三十二歳の大の男が、頑是《がんぜ》ない子供みたいに大声で泣きじゃくりたくなる一瞬。

「くっ…！」

何とか堪えようとして、悠也は必死に歯を食いしばった。

と、その時、ガチガチに力の入った悠也の躯《からだ》を、宗像が背後から包み込むように抱き締めた。

「いいから泣けよ」

瞬間、ギリギリまで膨《ふく》れ上《あ》がっていたものが決壊《けっかい》して、悠也の目から熱く迸《ほとばし》り出《で》た。

「うぅ…っ！」

今にも膝《ひざ》が抜けて、頽《くずお》れそうになる躯。

背中から回された宗像の逞《たくま》しい両腕に、悠也は爪《つめ》を立てんばかりに縋《すが》りついた。

果たして、それに応えるように、ますます力を込めて、ギュッと抱《だ》き竦《すく》めてくる強い腕。

それなのに、密着した躯とは裏腹に、悠也の心は少しも満たされなかった。

『宗像…っ！』

少しでもしがみ付く力を弛《ゆる》めたら、宗像がどこか遠くへ行ってしまいそうな気がした。

けれど、どんなに必死に取り縋《すが》ってみたところで、宗像は決して、「どこにも行かない」とは言ってくれない。

今、この瞬間、悠也を包み込んでいる温もりと優しさは真実でも、宗像は絶対に、その先の約束や安心感は与えてくれないのだ。

『堪えられない、もう、これ以上は…！』

声にならない悲痛な叫びが、静かな家の中に、いつまでも響き続けていた。


そして、遂《つい》に恐れていた運命の時――――。

忌引《きびき》休暇が明けたその日、溜まっていた仕事を片付け、夜遅く帰宅した悠也を待っていたのは、床の上に纏《まと》められた宗像の荷物だった。

「明日、出かける」

「…っ！」

いつもながら、素っ気なく放たれた宗像の一言に、悠也は榛 色《はしばみいろ》の瞳を瞠《みは》ったきり、すぐには言葉を発することもできなかった。

思えば、二十歳を過ぎた頃から、何度、この残酷な瞬間を経験してきたことだろうか。

出て行ったら最後、電話一本、メール一通寄越さず、何ヵ月も消息不明になる宗像。

いつ戻るとも知れない身勝手な男の帰りを、悠也は不安に苛まれながら、ただ悶々《もんもん》として待ち続けるしかない。

しかも、今回、宗像が向かう先は、あのK共和国なのだ。

「――――行かせない…！」

腹の底から搾《しぼ》り出《だ》すような低い声音で、悠也はとうとう口火を切った。

長きに亘《わた》って先送りにしてきた問題だが、もうこれ以上、有耶無耶《うやむや》にしておく苦境には堪えられない。

たとえ、結婚して家族を作ることが出来ないとしても、宗像との間に、悠也は確かな約束が欲しかった。

この先も共に歩み、どんな形であれ、二人で思い描ける未来図を持つ覚悟。

もし、宗像にその気がないなら、この不毛な関係を続けていくことに、もう意味はない。

そして、懇願《こんがん》する自分の言葉に耳を傾《かたむ》け、宗像がK共和国行きを思《おも》い留《とど》ってくれるかどうかが、悠也にとっては譲《ゆず》れない一つの試金石だった。

だが、しかし――。

「お前を失いたくないんだ、宗像…！　少しでも俺のことを好きでいてくれるなら、K共和国には行かないでくれ…！　頼む、宗像…！」

何度となく繰り返される、狂おしいほどの説得と哀願。

最早《もはや》、この場限りの嘘でもいいから、「行かない」という、たった一言が欲しい。

しかし、どんなに取り縋ってみたところで、結局、宗像が悠也の望む言葉を口にすることはなかった。

「宗像…っ！」

激しく込み上げてくる苛立《いらだ》ちと絶望感。

どれだけ言葉を尽くしても、頑として折れようとしない宗像に、とうとう悠也は最後通牒《つうちょう》を突きつけた。

「――どうしてもK共和国へ行く気なら、俺はもうお前を待たない…！　お前みたいに勝手な男とは、これで終わりだ…！」

初めて口にした自《みずか》らの決別の言葉に、悠也自身、驚愕《きょうがく》の思いを禁じえなかった。

それなのに、荒く息を吐きながら小刻みに震える悠也に、宗像は動じた様子も見せない。

いや、それどころか、駄々を捏《こ》ねる子供に辟易《へきえき》とした大人みたいに、宗像は肩を竦めてため息を吐《つ》いた。

「バカだな？　今更、何をそんなに心配してるんだ？」

「…っ！」

その緊迫感の欠片《かけら》もない対応に、悠也はカッとなって右手を振り上げた。

尤《もっと》も、悠也の平手打ちが宗像の顔面にヒットするはずもなく、逆に手首を摑《つか》まれた悠也の軀は、呆気《あっけ》なくベッドに転がされてしまった。

「ふざけるな、バカ野郎…！」

そのまま、当然のように伸し掛かってきた宗像に、悠也は目を剝《む》いた。

そう、これこそが、実に許し難いお決まりのパターン。

宗像は、悠也の怒りや不満を、いつだってハードなセックスに持ち込むことで誤魔化し、無かった事にしてしまう。

実際、この家を出て行くときには、毎度、足腰が立たなくなるほど悠也を犯して、宗像は明け方のベッドから姿を消す。

まるで会えなくなる何ヵ月か分を、犯り蓄《やだ》めするかのような非道に打ちのめされ、身動きすらできない悠也を独り置き去りにして――。

しかし、今度ばかりは、そんな勝手は絶対に許さない。

はっきり意思を示した悠也に対して、宗像は真剣に答えるべきなのだ。

「どうしても行くなら、お前とは終わりだって言ったのが、わからないのか…っ！」

嚙《か》み付《つ》くような悠也の叫びに、上になった宗像が苛立ちの色を浮かべる。

「俺と終わりにして、それでどうするつもりだ？」

「どうするも何も…っ！」

「あの笠井《かさい》の野郎と、安全なぬるま湯人生を送りたいか？」

「なっ…!?」

単なる皮肉と呼ぶには、あまりにも容認し難く小馬鹿にしたセリフだった。

それでも、悠也の理性を吹き飛ばし、その怒りを本当に爆発させたのは、宗像が吐いた次の一言だったに違いない。

「そんなの無理だよな？　だって、お前、俺のことが好きなんだろう？」

「――――っ…！」

瞬間、自分でも信じられない力と勢いで、悠也は宗像の鼻先に頭突きを食らわせた。

「グッ…！」

さすがの宗像も、その予想外の反撃に怯《ひる》む一瞬。

透《す》かさず、鼻を押さえる宗像の軀を押《お》し退《の》け、悠也はほとんど転がり落ちるようにして、ベッドから脱出した。

激昂《げっこう》するあまり、目の前が真っ赤に染まる。

「お前なんか、もう二度と戻ってくるな…っ‼」

怒号を上げて自室を飛び出し、階段を駆け下りた勢いのままに、深夜の屋外へと走り出る。

晩秋の寒さも気にならないほど、悠也の頭は怒りで一杯だった。

『あんなヤツ…！　あんなヤツ…！』

街灯も疎《まば》らな田舎《いなか》道を、ただ闇雲に駆け抜けていきながら、胸の中で何度も繰り返す、宗像への罵倒《ばとう》のセリフの数々。

やがて、走り疲れて道端に蹲《うずくま》るうち、気がつけば、東の空で夜が明けようとしていた。

『宗像…』

すっかり冷え切って、かじかんだ手足。

どうにか立ち上がった悠也は、薄《う》っすらと白みはじめた中を、ノロノロと重い足取りで歩きだした。

あれから、たったの数時間で、もう一度、宗像と顔を合わせるのは気詰まりだったが、まさか、このままにしておくわけにもいかない。

過剰な期待は持てないけれど、冷静さを取り戻して話をすれば、宗像も多少は譲歩してくれるのではないだろうか。

少なくとも、真面目《まじめ》に話を聞いてくれるなら、まだ何か手があるような気がした。

結局は宗像の思い通りになるとしても、たぶん、悠也は心のどこかで、何か取《と》り成《な》してくれる優しい一言を期待していたのだ。

ところが——。

「…っ⁉」

軋む階段を上りきった悠也は、空《から》っぽの部屋に愕然《がくぜん》とした。

無残にも打ち砕かれた儚《はかな》い期待。

そう、宗像は既《すで》に旅立ってしまった。

「ああ、そんな…！」

悲痛な声を上げて、悠也はガックリと床に頽れた。

あまりにも呆気ない幕切れに、それ以上は、もう言葉も出てこない。

本当に、壊れるときには一瞬だ。

十五年にも亘る宗像との関係が、こんなにも簡単に終わりを告げるなんて、どうして想像できただろうか。

『バカみたいだ……！』

襲ってくる、身を切られるような寂寥感。

けれど、不思議と涙は出てこなかった。

今はただ疲れ果てて、全身が泥のように重いばかりだ。

『眠りたい……』

虚《うつ》ろな眼差《まなざ》しで、悠也はベッドに這い寄った。

温もりの消えた冷たいシーツ。

それなのに、そこに突《つ》っ伏《ぷ》した悠也の鼻腔《びこう》の奥を、染《し》み付《つ》いた宗像の匂《にお》いが、切なく過《よ》ぎっていく。

『宗像……！』

胸を掻《か》き毟《むし》りたくなるほどに、恋しくて堪らない。

この匂いが消える頃には、悠也は宗像を忘れられるだろうか。

それとも、あの身勝手な俺様男は、何ヵ月か後には、捨て身で取り組った悠也の思いなど忘れて、また何事もなかったかのように、この家の呼び鈴を鳴らすのだろうか。

『そうであってくれ……！』

ダメな自分が、性懲《しょうこ》りもなく宗像の帰還を願っているのがわかる。

しかし、それではまた同じことの繰り返し。

これから先の十年を、これまでの十年と同じように、傲慢《ごうまん》で自分本位な宗像の生き方に振り回されて過ごすことはできない。

中年となり、いよいよ容色も衰《おとろ》えはじめた自分に、急速に興味を失っていく宗像の態度を想像して、悠也は自虐的《じぎゃくてき》な笑みを浮かべた。

『四十二歳になって捨てられるより、遥かにマシじゃないか…！』

そう、今は死ぬほど辛《つら》くても、傷は浅いに越したことはない。

だいたい、終わりにすると切り出したのは、他でもない、悠也自身なのだ。

『だから、だから泣くのは、これで最後だ…！』

切なく漏れ出す嗚咽が、恋しい男の匂いが染み付いたシーツに吸い込まれていった。

＊　＊　＊

やがて、虚《むな》しく過ぎ去っていった三週間――。

すべて終わりにして、もう宗像《むなかた》を待つのもやめると決めたのに、悠也《ゆうや》は仕事に託《かこつ》けて、四六時中、K共和国の情報に神経を尖《とが》らせ続けている。

自宅にいてさえ、ケーブルテレビのスイッチを切ることができず、二十四時間流れ続けるワールドニュースから目を離すことができないほどだ。

そして、実際にK共和国のニュースが流れると、悠也は何も手に付かなくなってしまう。

結局、捨て身で別れを告げても、悠也に安寧《あんねい》が訪れることはないのだ。

「それはまだ、悠也の気持ちが宗像にあるからだよ」

日曜日、祖母の仏壇に線香を上げにきてくれた笠井《かさい》の言葉に、悠也は僅《わず》かに視線を逸《そ》らした。

「そんなこと…ないよ…」

否定しつつも、そこに明らかな迷いが滲《にじ》むのは、理性と感情の折り合いが、未《いま》だに巧《うま》く付いていないからに違いない。

それが証拠に、タバコ嫌いの悠也が、宗像の吸殻《すいがら》で一杯になった灰皿を、どうしても片付けることができない。

ましてや、宗像の荷物置き場となって久しい庭の離れには、足を踏み入れることさえ憚《はばか》られるのだ。

『離れをそのままにしておけば、荷物を取りに来る宗像と、また会うことができる…』

どうしたって捨てられない未練――。

深夜、ふと目覚めたベッドで、悠也は無意識に宗像の存在を探し求める。

自分を慰《なぐ》める指の蠢《うごめ》きに、悠也は何度、宗像のそれを重ね、切なく身悶《みもだ》えたことだろうか。

この不毛な泥沼の苦しみから、いったい、いつになったら解放されるのか、悠也自身、見当もつかないほどだ。

「――新しい…恋でもすれば、いいのかな…？」

けれど、口を衝《つ》いて出た言葉に、あまり意味がないのは、悠也にもわかっていた。

なぜなら、十七歳で初めて宗像に部室で犯されてからというもの、悠也は一度も他の男と経験したことがない。

そう、ニューヨークのコロンビア大学に留学していた四年間には、ずいぶん大勢のゲイの男たちと出会ったというのに、結局、宗像ほど悠也の心を占める者はいなかった。

今にして思えば、あの留学自体、ジャーナリズムを学びたいと願う以上に、高校卒業後はアメリカに戻る宗像と、別れたくない一心から取った行動だった。

そんな悠也が、どうしてこの田舎町《いなかまち》で、ニューヨークでも見つけられなかった新しい恋の相手を探すことができるだろうか。

『無理に決まってる…』

だが、悠也は少しばかり迂闊《うかつ》だった。

たぶん、この田舎町に一人しかいない同族が、今、正に目の前にいたからだ。

「だったら、試してみようか？」

「えっ？」

誘いの言葉に虚《きょ》を衝かれて、悠也は一瞬、無防備に笠井を見つめた。

果たして、次の瞬間、唐突に摑《つか》まれた肩先に、悠也は驚きの声を上げた。

「せっ、先生…⁉」

いつも優しくて穏やかな笠井からは、想像もしなかった強い力。

「僕が相手じゃ、試してみる気にもなれない？」

「っ…！」

そのまま体重をかけられ、畳《たたみ》の上に押し倒されてしまった悠也は、自分の身に起ころうとしていることが信じられなかった。

「悠也」

「やっ、め…っ！」

強引に重ねられてきた唇《くちびる》。

宗像しか知らない悠也にとって、それは初めて知るタバコの味がしない口づけだった。

『先生…！』

きっと笠井なら、宗像の百万倍も悠也を大切にして、年老《としお》いてからも、ずっと変わらずに悠也だけを愛してくれるに違いない。

約束でも誓いでも、望むままに手に入り、安心して日々を過ごせる恒常的な関係。

ところが、狡《ずる》く計算しようとする頭よりも、悠也の軀《からだ》はずっと正直に行動していた。

「いやだ…っ！」

満身の力を込めて、悠也は伸し掛かる笠井の胸を押し返した。

「ゴメン、先生…！　試すなんてできないよ…！」

すべてを受け入れ、優しく癒《いや》してくれる笠井を、どうして愛せないのか。

いや、それどころか、こうして拒絶を露《あらわ》にした今、悠也はこの田舎町に、たった一人しかいない同族の理解者を失ってしまったのかもしれない。

『どうして、こんなことに…！』

しかし、笠井に対する悠也の喪失感は、すぐに跡形もなく消えていた。

点《つ》けっ放《ぱな》しのケーブルテレビから、恐ろしいニュースが流れてきたからだ。

《――マグナムXのメンバーとしても知られる、報道カメラマンの宗像剛《ごう》さん、三十二歳が、取材に入ったK共和国で消息を断った模様です――》

その瞬間、悠也を襲った凄《すさ》まじい衝撃。

まるで雷に撃たれたみたいに、悠也の頭は真っ白になった。

そして、ショックのあまり、身動き一つできない悠也を、鼓膜《こまく》に突き刺さるニュースキャスターの一言一言が、信じ難《がた》い恐怖の只中《ただなか》へと突き落としていく。

非道にも、今は心配してくれる笠井の声さえ耳に入らない。

そう、いつかこんな日が訪れるのではないかと、悠也はずっと恐れ続けてきた。

否定しながらも、繰り返し頭の中でシミュレーションしてきた最悪の事態が、遂《つい》に現実のものとなって、悠也から宗像を奪っていこうとしているのだ。

『宗像…っ！』

けれど、縋《すが》る思いでニュースの続きを求める悠也の前で、画面は呆気《あっけ》なく切り替わった。

『そっ、そんな…！』

激しく狼狽《うろた》える悠也を置き去りにして、能天気なローカルニュースを流し出したテレビ画面。

それでも、これが紛《まぎ》れもない現実だ。

K共和国で行方《ゆくえ》不明になった者に関して、これまで第二報が伝えられたことは一度もない。

そもそも、違法な密入国が取材方法の基本となっているために、潜入《せんにゅう》したジャーナリストの失踪は、バックアップする仲間への定期連絡が途絶《とだ》えたことにより発覚する。

しかし、K共和国側は、頑《がん》として彼らが入国した事実を否定するため、実際問題として、行方不明者の捜索は不可能だ。

そこに駐留基地を置くアメリカさえも、内政干渉を避ける名目の下《もと》、身代金要求があった自国民の誘拐事件を除《のぞ》いては、一切の介入を行おうとしない。

当然の結果として、誰もが消息を絶ったきり詳細もわからず、死体すら出ないまま、この世から完全に姿を消してしまうのだ。

『あぁ、宗像…っ！』

襲ってくるブラックホールのような絶望の闇に、悠也の心は急速に呑み込まれていった。

＊　＊　＊

「うっ、うわぁぁあぁぁあっ…！」

自分が上げた叫び声に驚いて、悠也《ゆうや》は目を覚ました。

「宗像《むなかた》…っ！」

ガンガンと早鐘のように打ち続ける鼓動と、全身を駆け抜ける激しい震え。

大量に吹き出した冷たい汗が、恐怖に戦慄《わなな》く皮膚《ひふ》の上を不気味に伝い落ちていく。

得体の知れない巨大な闇の中に、為《な》す術《すべ》もなく呑み込まれ、跡形もなく消えていく宗像の姿を、悠也は何度、夢に見たかしれない。

しかし、悪夢に悲鳴を上げるには、そこは少なからず迷惑な場所だった。

なぜなら、今、悠也がいるのは、K共和国との国境に程近い小さな村、マナスを目指すマイクロバスの中だからである。

「ｓｏｒｒｙ…」

英語が通じるとも思えなかったが、いかにも迷惑げな眼差《まなざ》しを向ける隣の男に謝って、悠也は気持ちを切り替えるために、小さく咳払《せきばら》いをした。

とはいえ、悪夢から覚めたこの状況も、悠也にとっては現実とは思えない。日本から何十時間もかけて飛行機を乗り継ぎ、やっとK共和国に隣接する小国、Wに入ってから、更に現地の路線バスに揺《ゆ》られること丸一日。

終点だという山麓《さんろく》の村で乗り換えた、ほとんど廃車寸前の小さなマイクロバスは、悠也ども鮨詰《すしづ》めにされた二十人ほどの客たちを乗せて、道路とは名ばかりの山道を、朦々《もうもう》と黒い排気ガスを吐き出しながら走り続けている。

『こんな事で、本当にK共和国に辿《たど》り着《つ》けるんだろうか…？』

悪路に車体が揺れる度《たび》に、軋《きし》んだ悲鳴をあげる硬いシートに身を預けながら、悠也は唇《くちびる》を嚙《か》み締《し》めた。

ニュースで宗像の行方《ゆくえ》不明を知って二週間――。

悠也は十年務めた新聞社に退職願を出し、留学で培《つちか》った英語力と、宗像のパソコンから取り込んだデータだけを頼りに、K共和国に乗り込もうとしている。

正直、あまりの無謀《むぼう》さに笑ってしまいそうだが、悠也は自分でも驚くべき即断で、すべてを擲《なげう》って宗像を捜しに行くことを決めた。

もちろん、最初は理由を話して、長期休暇を願い出たのだが、上司はにべもなく悠也の希望を却下した。

「――気の毒だとは思うけど、その行方不明になったカメラマンは、羽柴《はしば》くんの親兄弟じゃなくて、単なる友達なんだろう?」

もっともな上司の言葉が、何の裏づけも持たない悠也の立場を雄弁に物語っていた。

事実、宗像の家族ではない悠也は、何とか情報を得ようと、必死に問い合わせを繰り返したアメリカ大使館でも、結局、体《てい》のいい門前払いを食わされたのだ。

『単なる友達か…』

今更ながらに、苦々しい現実を舌の上で転がしてみる。

しかし、どんなに八方塞《はっぽうふさ》がりの状況にあろうと、祖母を亡くした今となっては、悠也を思い留《とど》まらせるものは何もない。

「――悠也、やめろ! あまりにも危険だ…!」

実際、あんな拒絶の後でさえ、悠也を気遣《きづか》ってくれた優しい笠井《かさい》の言葉にも、その決意は少しも揺るがなかった。

そう、今の悠也を突き動かしているのは、ただ宗像の生存を信じる、その一念だけだ。

『だって、アイツは約束したんだ…! 俺に内緒で死んだりしないって…! 俺より先には絶対に死なないって、宗像は…! アイツは俺に、そう約束したんだ…!』

約束と呼ぶには、あまりにも無責任で根拠のない絵空事。

それでも、看護師の取材に行った病院で、宗像の口から聞かされたそれは、悠也が初めて貰《もら》った《約束》だった。

信じろと言った宗像の言葉を、今こそ悠也が信じなくてどうするのだ。

『宗像は、絶対に生きている…！』

遥《はる》か辺境の地まで旅してきた悠也を支える、ただ一つの心の拠《よ》り所《どころ》――。

やがて、悠也を乗せたマイクロバスは、切り立った岩場や深い谷を見下ろすいくつもの峠を越えて、日没寸前の山間《やまあい》の荒地で停車した。

『え…？　ここが、村…？』

悠也は半信半疑だったが、同乗者たちの半分ほどがバスを降り、車体の上に積んであった荷物を次々と降ろしはじめた。

どうも彼らは、村々を渡り歩く行商人のようなものらしい。

それにしても、ここの人々は、皆一様にくすんだ色のマントを頭から被《かぶ》っていて、ジーンズにダウンジャケットを着込んだ悠也のような外国人は一人もいない。

「ここがマナスで間違いないですか？　マナスです！　マ・ナ・ス！」

通じているのかいないのか、身振りを交えて村の名前を何度も確認する悠也に、運転手が煩《うるさ》そうに頷《うなず》いて外を指差す。

『降りろって、ことだよな…？』

若干《じゃっかん》の不安を覚えつつも、バスを降りた悠也は、とりあえず自分のリュックを背負《せお》うと、先を行くマントを着た行商人の一団を追うことにした。

既《すで》に真っ暗になった山道を、何度も転びそうになりながら、急ぐこと三十分あまり。

山間の小さな集落に辿り着いた悠也は、今夜の寝床と食事を求めて、最初に目についた民家の扉を叩いた。

宗像が集めていたデータによると、W国のマナス村で国境越えに必要な水と食料を調達した後、密入国の手引きをしてくれるブローカーと落ち合う手筈《てはず》になっている。

残念ながら、ブローカーの詳細については不明だが、どうやら金さえ払えば、村で一夜の宿を求めることは難しくなさそうだ。

「食事、一ドル。ベッド、五ドル。ランプ、一ドル」

案の定、扉を開けた中年の女は、異邦人の悠也を前にしても、然《さ》して戸惑った様子もなく、即答で料金を提示した。

明らかに外国人慣《な》れしているし、米ドルによる簡易な料金システムが確立しているところからみても、やはり、このマナス村は密入国を企《くわだ》てる者たちの拠点になっているに違いない。

だが――。

『これから、いったい、どうすればいいんだ…？』

ランプの小さな灯りの中、クセのある山羊《やぎ》の乳と固いパンで空腹《くうふく》を満たした悠也は、ベッドとして宛《あて》がわれた納屋《なや》の干し草の上に身を横たえて考えた。

データのおかげで、何とか大きな問題もなく、ここまでは来られたものの、手引きしてくれるブローカーを見つけられなければ、K共和国への密入国は不可能だ。

『意外と、さっきの奥さんに、K共和国へ行きたいって言ったら、何ドルって即答してくれたりして…？』

冗談交じりに想像しかけて、不意に、悠也は自分といっしょにバスを降りた、あのマントの一団のことを思い出した。

果たして、彼らは本当に村々を渡り歩く行商人だったのだろうか。

「ま、まさか…!?」

悠也は自分の思いつきにハッとした。

そう、もしかすると、あのマントの下には、悠也と同じようにK共和国を目指す、外国人が潜《ひそ》んでいたのではないだろうか。

村までの道中、雑談をするでもなく、黙々と隊列を組んで歩いていた様子も、目的を持った侵入者の一団だったと考えれば、なるほど納得もいく。

「あの連中、どこへ行った？」

悠也は干し草の上に飛び起きた。

確証はないが、彼らがK共和国へ入ろうとする外国人ジャーナリストなら、こちらの事情を説明して、何とかブローカーだけでも紹介してもらいたい。

「よし！　駄目元だ！」

悠也は荷物を纏《まと》めると、ランプを手に、納屋を飛び出した。

月に雲がかかって、たぶん、越境には悪くないコンディション。

但《ただ》し、気温は日没後の僅《わず》かな間にも、急激に下がったようだ。

「冷えるな…」

身震いした悠也は立ち止まり、背中のリュックから厚手のセーターを取り出した。

データに拠れば、険《けわ》しい山岳地帯に連《つら》なる渓谷《けいこく》と盆地、及《およ》び森林地帯を国土に持つK共和国は、全般的には大陸性乾燥気候ながら、このマナス村寄りの北部は厳しい寒冷地域に属し、逆に深い森林に覆《おお》われた南西部は、亜熱帯気候だという。

正直、勝手に乾いた砂漠のイメージを持っていた悠也には、まったくの予想外である。

『宗像は、いったい、どの地域にいるんだろう…？』

最終的に宗像が目指していたのは、どうやら反政府ゲリラが潜伏《せんぷく》する南西部と思われるが、どこで行方不明になったのかについては、今も定かではない。

『無事に密入国できたとしても、あちら側のガイドが必要だな…』

ダウンジャケットの下にセーターを着込んだ悠也は、再び荷物を纏めて立ち上がろうとした。

と、その時、黒い影が立ちはだかって、悠也はギョッとした。

『だっ、誰だ…っ⁉』

しゃがんだまま見上げた悠也の前には、マントを纏った黒い影法師のような男の姿。

けれど、尻餅《しりもち》をつきそうなほど驚いた悠也に、男は意外なことを言った。

「K共和国に行きたいのか？」

「…っ!?」

ブロークンながらも、はっきりと聞き取れた男の英語に、悠也は息を飲んだ。

間違いなく現地の人間と思われるこの男は、悠也が捜している例の一団の者ではない。

『手引きしてくれるブローカーなのか？　それとも…？』

一瞬の躊躇《ためら》いを覚えた悠也だったが、一刻も早く密入国を果たしたい現状を考えれば、チャンスを逃すことはできなかった。

そもそも、マイクロバスに同乗してきた連中が、K共和国を目指す外国人ジャーナリストだという保証はどこにもないのだ。

「連れていってくれるのか？」

尋《たず》ねた悠也に、男は短く答えた。

「五百ドル」

この手の相場はわからないものの、その金額は、たぶん、この村の男にとっては、月収の何倍分にも相当するに違いない。

『それだけ、国境越えは危ないってことか…』

自分なりに納得した悠也は、財布から取り出した百ドル札を五枚、黙って男に手渡した。

後は、運を天に任せるのみである。

男の指示に従ってランプを消した悠也は、月が雲に見え隠れする中を、村外《むらはず》れの崖《がけ》っぷちから岩肌《いわはだ》に張りつくように続く狭《せま》い山道を辿って、深い谷へと降りて行く。

風に煽《あお》られて、足を踏み外すようなことにでもなれば、ビルの屋上から飛び降りるのと、然して変わらないであろう切り立った崖。

先を行く男の背中を懸命に追いながら、悠也は何度となく足の竦《すく》む恐怖に慄《おのの》いた。

おそらく、降り立った谷底を渡って、今度は反対側の崖を同じように登り、その向こう側にある尾根を越えた辺りが、K共和国との国境になるのだろう。

とはいえ、山歩きに慣れない悠也の足で、夜明けまでに辿り着けるものかどうか。

何しろ、日が昇ってからでは、国境にいる警備兵に狙撃《そげき》される危険も倍増だ。

『夜陰《やいん》に乗じてなんて、まるで映画みたいだ…』

竦む足元に苦慮しながらも、その一方で、どこかしら現実感のない国境越え。

だが、二時間後、漸《ようや》く降り立った深い谷底で、事件は起こった。

「グ、ガッ…ッ！」

緊張と歩き通しの疲れから、谷底の岩に腰を下ろした悠也は、瞬間、自分の横《よこ》っ面《つら》を襲った物凄《ものすご》い衝撃に吹っ飛んだ。

何が何だかわからないままに、転がった地面から必死に起き上がろうとした悠也は、次の瞬間、突きつけられたライフルの銃口に目を瞠《みは》った。

そう、悠也は男がマントの下に隠し持っていたアサルトライフル、AK－47の柄《え》の部分で殴《おう》打《だ》されたのだ。

『…うっ、撃たれる…の、か…？』

猛烈にガンガンする頭のせいなのか、銃口を前にしても、なぜか危機感が薄い。

いや、幸い四年間の留学生活でも、銃犯罪とは縁がなかった悠也にとって、今の状況自体が現実味に乏《とぼ》しいのかもしれない。

それでも、今、悠也に向けられているのは、生まれて初めて経験する本物の殺意だ。

そして、次の瞬間、深い谷底に銃声が轟《とどろ》いた。

「ひっ…！」

発砲音の大きさに、度肝《どぎも》を抜かる。

けれど、撃たれたのは悠也ではなかった。

代わりに、悠也を狙《ねら》ってAK－47を腕に構えていたマントの男が、まるで宙に弧《こ》を描くように仰《の》け反《ぞ》り、吹っ飛んでいく。

今度こそ、本当に映画のワンシーンとしか思えない光景だった。

果たして――。

「危機一髪だったわね？」

目の前に転がった男の死体に腰を抜かして、地面にへたり込む悠也は、背後から聞こえてきた女の声にギョッとした。

慌てて振り返ると、そこには、マントを纏ったブロンドの女の姿。

更に、その背後には、やはりマントに身を包んだ、眼光鋭い長身の男が立っていた。

しかも、男の手に握られているのは、今、正に火を噴いたばかりのＡＫ－47だ。

『なっ、なんて男だろう…！』

一目見て、住む世界が違うと感じさせる、きな臭く冷酷で危険なオーラ。

しかし、まず悠也に直接的な打撃を与えたのは、ブロンド女性の辛辣《しんらつ》さだった。

「それにしても、こんな追剝《おいは》ぎ男にのこのこついてくるなんて、あなた、ホントに何もわかってないのね？　尤《もっと》も、その旅行者丸出しの服装をバスの中で見かけたときから、まるっきりの素人《しろうと》だってことは、十分にわかってたけどね」

「…っ」

思いきり小馬鹿にして、鼻で笑うばかりの彼女を見上げて、悠也は唇を嚙み締めた。

悔《くや》しいけれど、つい今し方、殺されかけたばかりの悠也には返す言葉もない。

とはいえ、美人という生き物は、どうしてこうも情け容赦《ようしゃ》がないのだろうか。

「ちょっと、あなた、言葉は通じてる？」

「ええ、ちゃんと通じてますよ。あなたが死ぬほど世間知らずな俺を馬鹿にしてることは、十分過ぎるほど伝わってます」

「あら、それは失礼」

そう言って、やや大仰《おおぎょう》に肩を竦めてみせると、へたり込む悠也に手を差し伸べてくれたブロンド美人は、ダイアン・コール、アメリカ人ジャーナリストだと名乗った。

「ところで、あなた、言葉はなかなか流暢《りゅうちょう》みたいだけど、その外見、もしかして日本人？」

「ええ、羽柴悠也です。言葉は、学生時代に留学経験があるので、多少は――」

しかし、悠也が簡単に自己紹介した途端、ダイアンの表情が一変した。

「あ、あの…何か…？」

何事かと訝《いぶか》った悠也だったが、次の瞬間、彼女の口から飛び出したセリフに、びっくり仰天させられることとなった。

「あなた、まさか…！　剛《ごう》を、宗像剛を捜しに来たの…⁉」

「ええっ…⁉」

信じられない思いに、大きく見開かれた榛色《はしばみいろ》の瞳。

こんな地の果てで出会った女性の口から、夢にまで見た宗像の名前を聞こうとは、いったい誰に想像できただろうか。

「宗像を…っ！　宗像をご存知なんですか…っ！」

気づいたときには、ほとんど掴みかからんばかりに、悠也はダイアンに詰め寄っていた。

何の当てもないままに辿り着いた遠い異国で、初めて耳にした確かな手掛かり。

果たして、救いの女神とも思えたダイアンは、自分は宗像と共同で、今回のK共和国に関する一連の取材を行っているのだと語った。

「それで宗像は…！　宗像は無事なんですよね…！」

「ええ、ちゃんと生きてるわよ。まぁ、ちょっと怪我《けが》はしてるけどね」

「ああ…！」

悠也の唇から、恥ずかしげもなく迸《ほとばし》った安堵《あんど》の叫び。

けれど、それも束《つか》の間《ま》、生存を確かめれば、今度は怪我の様子が心配で堪《たま》らない。

悠也は尚も必死に畳《たた》み掛《か》けた。

「怪我って、どの程度の…？　いったい、宗像の身に何があったんですか…！」

「何って、それは…」

悠也に押されて、さすがに少し引き気味のダイアン。

一方、そんな二人を余所《よそ》に、AK-47を手にした長身の男は、自分が成敗した追剝ぎ男の傍《かたわ》らに屈《かが》み込《こ》むと、男のライフルから弾丸をマガジンごと引き抜き、更にその懐《ふところ》から、悠也が手渡した五枚の百ドル札を無造作に抜き取った。

「え…？　ちょ、ちょっと、何を…？」

思わず男の行動に目を奪われた悠也は、しかし、すぐに込み上げてくる義憤《ぎふん》に眉《まゆ》を顰《ひそ》めた。

いくら何でも、死んだ者の懐を探る行為は容認できない。

だいたい、ダイアンは死んだ男を追剝ぎと呼んでいたが、連れの男の行動を見れば、どちらが追剝ぎだかわからないではないか。

「死人から奪うのか？」

尤も、棘《とげ》のある悠也の言葉に振り返った男は、すぐにその甘えた正義感を鼻で笑った。

「ああ、俺がコイツを殺さなかったら、この男がお前の懐から奪っていただろうな」

「…っ！」

正に返す言葉もない、あまりにも辛辣な切り返し。

確かに、男がいてくれなければ、今頃、そこに転がっていたのは悠也の方だった。

しかし、いくら頭でわかっていても、男に対する感謝の言葉は、どうしても悠也の口からは出てこない。

むしろ、いきなり撃ち殺されてしまった追剝ぎ男に、悠也は一抹《いちまつ》の憐《あわ》れみさえ感じていた。

だが、冷酷無比な男と同行しているダイアンには、女性とはいえ、悠也のような感傷の持ち合わせはないらしい。

「あの五百ドルは、あなたが追剝ぎ男に払ったの？」

「ええ、そうですよ！」

眉間《みけん》に縦皺《たてじわ》を寄せたまま、悠也は男と出会った経緯を、掻《か》い摘《つま》んで説明した。

しかし、それはいちいち、ダイアンと男の失笑を買うものだった。

「それじゃ、いくつ命があっても足りない」

「まぁ、そのくらいにしておきなさいよ、ハスラム」

取《と》り成《な》してくれたダイアンによると、男の目の前で財布を開いた悠也の行為は、追剝ぎをしてくれと言わんばかりの、まったく論外としか言いようがない愚行だったらしい。

また、初めて仕事を依頼する相手には、まず前金で半額払って、残りは仕事が終わってから払うというのが、こうした世界では鉄則なのだという。

なるほど、言われてみれば尤もな話だったが、件《くだん》の追剝ぎ男とは、夜道でいきなり出くわしたこともあり、悠也にしてみれば不可抗力だ。

それに、今はおとなしく揶揄《やゆ》され続けている場合ではない。

悠也は一刻も早く、宗像のもとへ行きたいのだ。

「とにかく、方法なんかどうだっていい…！　頼むから、俺を宗像のところまで連れて行ってくれ…！」

だが、焦《じ》れた悠也の懇願は、あっさりダイアンに却下されてしまった。

「それは無理！　無事に国境を越えられたとしても、剛がいる反政府ゲリラのキャンプまでは、丸三日かかるのよ。だいたい、あなた、馬には乗れるの？」

「う、馬…？」

「ええ。それも、楽しい乗馬教室レベルじゃ、まったく使えないわよ」

「…っ」

危機管理のなっていない実情を、散々に披露してしまった後では無理からぬこととはいえ、ここで諦《あきら》めるくらいなら、悠也は長年勤めた新聞社を辞《や》めてきたりはしなかった。

「あなたが、どうしても駄目だって言うなら…！」

悠也はダイアンがハスラムと呼んだ、例の長身の男に向き直った。

たとえ、どんな男であろうと、今は背に腹は替えられない。

「お前はブローカーか何かなんだろう？　金は払うから、俺を反政府ゲリラのキャンプまで連れて行け…！」

「ちょっと、何を言い出すのよ、あなた…！　ハスラムは、私が雇《やと》った男なのよ…！」

ところが、自分が雇い主だと主張するダイアンの意見を退《しりぞ》けて、意外にもハスラムは、高飛車な悠也の申し出を受け入れてくれた。

「いいぜ。そんなに行きたいのなら、この死体から奪った五百ドルを前金にして、世間知らずのお坊っちゃんを、俺が反政府ゲリラのキャンプまで連れて行ってやろう」

「そんな…！　冗談じゃないわよ、ハスラム！　私との契約はどうなるの…！」

「別に、行き先が同じなら変わらんさ。それに何人顧客を持つかは、俺の勝手だ」

尚も抗議を繰り返すダイアンを尻目に、ハスラムは悠也の顎先《あごさき》を捉《とら》えると、多分にからかいの籠《こも》った眼差《まなざ》しで念を押した。

「どうだ、俺の言うことが聞けるか、坊や？　出来なければ、死ぬことになるぞ」

「ああ、何だって出来るさ…！」

答えて、悠也は顎に掛かるハスラムの指を振り払った。

「それと、俺の名前は羽柴悠也だ！　二度と雇い主を坊やと呼ぶな…！」

「おや、意外と気だけは強いのだな？　まぁ、そういうのを、この辺りでは身の程知らずと呼ぶのだがな」

「なっ…！」

馬鹿にされた悔しさはあったが、事実、ここで真の主導権をもっているのは、雇った悠也ではなく、土地を知り尽くしたハスラムの方だ。

「さぁ、こんなところでグズグズしていると、夜明けまでに国境を越えられないぞ！」

ハスラムの下知《げじ》に、ダイアン、そして、悠也が続く。

荒涼とした谷底を渡っていく彼らの足元を、雲間から射す僅かな月明かりが照らしていた。

＊　＊　＊

やがて、夜が明ける寸前に国境を越え、K共和国側にハスラムが用意していた馬で半日ほど荒地を進んだ後、ジープに乗り換えて、道なき道を行くこと丸二日あまり——。

あんなに寒かったのが嘘のように温暖になり、気がつけば、シャツ一枚でも汗ばむほどに気温が上がっている。

そして、一行は遂《つい》に、峠を越えた先に広がる森林地帯に到着した。

「反政府ゲリラのキャンプまでは、歩いて一時間ほどよ」

「一時間…！」

ほとんど体力の限界だったが、これで宗像《むなかた》に会えるのだという思いだけを胸に、悠也《ゆうや》は必死に強行軍を乗り切った。

果たして、負傷した宗像が収容されているという、野戦病院近くのテントの前に立った悠也の胸は、今にも破裂しそうなほど激しく高鳴った。

いくら命に別状ないと言われていても、その後、銃撃戦の取材中、AK‐47の流れ弾を食らったと聞かされれば、あの国境越えの谷底で死んだ男のことが嫌でも思い出されて、恐ろしさに足が竦《すく》む。

そうでなくとも、今後、宗像の軀《からだ》に深刻な後遺症が残る可能性だって捨てきれない。

だが、今はただ、生きているその姿を確かめたい。

「宗像…っ！」

悠也は叫んで、入り口の幕を撥《は》ね上《あ》げた。

刹那《せつな》、榛色《はしばみいろ》の瞳に飛び込んできたのは、肩から胸にかけて包帯を巻いた上体を、簡易ベッドの上に起こした宗像の姿――。

『あぁ…っ‼』

歓喜と安堵《あんど》が綯《な》い交《ま》ぜになって、視界が熱く霞《かす》んでいく。

この一瞬を、悠也はどれほど切望し、夢に見てきたことだろうか。

けれど、感動の再会は、同時に怒りの爆発をも招《まね》くこととなった。

だいたい、無理からぬこととはいえ、宗像の惚《ほう》けた反応が腹立たしい。

「ゆっ、悠也…っ⁉」

名前を呼んだきり、あとは絶句してしまった宗像の間抜け面《づら》。

次に発せられたセリフに、悠也は切れた。

「お前、こんなところで何やってるんだ…？」

「っ…！」

後にして思えば、何万キロも離れた日本に残してきたはずの恋人が、ひょっこり姿を現わしたのだから、実に無理もない反応だったのだが、それでも、感極まった悠也には許し難《がた》かった。

「お前を捜しに来たに決まってるだろう…っ‼」

炸裂した怒りに、簡易ベッドに向かって突進した悠也は、宗像の左顔面目掛けて、渾身のカウンターパンチを繰り出した。

「うっ、わぁ…っ!?」

「バカ、バカ、バカ…！　この大バカ野郎…っ！」

叫びながら、体当たりした宗像の胸に、更に打ち出される激情の拳。

暴れる悠也の頭からは、宗像が怪我人《けがにん》だという事実は、きれいさっぱり消えていた。

一方、そんな悠也を胸に受けとめながら、宗像にも漸《ようや》く実感が湧いてきた。

この想像を絶する地の果てまで、いったい、悠也はどうやって辿《たど》り着《つ》いたのか——。

『コイツ、本当に俺を捜すためだけに、こんな危険な国まで…！』

その思いの丈《たけ》を考えると、胸が熱く塞《ふさ》がる。

「悠也…！」

「うるさいっ…！」

激しく身じろぐ悠也の軀を、宗像は自分の身を反転させることで、ベッドに押さえ込んだ。

「放せ…！　このっ…！」

軋《きし》むベッドと自分の間で、尚も暴れようとする悠也のしなやかで熱い軀。

激昂《げっこう》して上がった息で、荒く上下する白い喉元《のどもと》。

そして、怒りに燃える美しい榛色の瞳が、真珠色に光る涙に濡れながら、真っすぐに宗像を睨《ね》め付《つ》けている。

堪《たま》らない官能を誘われる一瞬。

宗像の理性のタガが吹っ飛ぶのに、時間は必要なかった。

「悠也…っ！」

「…っ！」

まるで殴られたお返しとばかり、突然、襲ってきた乱暴な口づけに、悠也は息を飲んだ。

荒々しく引き下ろされるジーンズ。

悠也は身を捩《よじ》って抵抗したが、連日の強行軍に消耗《しょうもう》しきっていた軀は、やっと回復期に入ったばかりの怪我人にも勝てなかった。

「いやだ、やめろ…！」

「うるさいっ！」

熾烈《しれつ》にぶつかり合う怒気と激情。

荒れ狂う欲望の炎が、睨《にら》み合《あ》う互いの瞳の奥に燃え上がった刹那、宗像が飢《う》えた獣のように悠也の下肢《かし》を抱え上げた。

「うっ、ぁあぁあぁ――――っ…！」

間髪容《かんはつい》れず、狭《せま》い肉壁に突き立てられた巨大な欲望の剣。

引き裂かれる剝き出《むだ》しの痛みに苦悶《くもん》しながらも、しかし、悠也は咥《くわ》え込《こ》んだ宗像の肉刀を放そうとはしなかった。

「宗像ぁ…っ！」

この数週間というもの、生きているのか、無事でいるのかと、寝ても覚めても悠也を苛《さいな》んでやまなかった男が、今、確かに自分の腕の中にいる。

今更ながらに、自分が宗像という男に、どれほど飢えていたのかを思い知らされる。

できることなら、この飢えた獣に食い殺されてしまいたい。

いや、その肉の一片《いっぺん》すらも残さず、悠也の方こそ、宗像のすべてを食らい尽くしてしまえたら、どんなに幸せだろうか。

「悠也っ！」

「あっ、あっ、ダメ…！　まだ…っ！」

瞬間、軀の内側に迸《ほとばし》った熱い獣の欲望。

しかし、満足するには、悠也はあまりにも飢えすぎていた。

「この、早漏《そうろう》…っ！」

軀の奥深くに宗像を呑み込んだまま、悠也は思い切り悪態を吐《つ》いて、その獅子の鬣《たてがみ》のごとき黒髪を両手で鷲摑《わしづか》みにした。

「誰が早漏だ…！」

「あ、ぁん…っ！」

その途端、勢いよく息を吹き返したものが軀の奥を突いて、悠也は悩ましく声を放った。

逞《たくま》しい腰に、恥ずかしげもなく絡《から》めた白い両脚《りょうあし》。

一度、宗像によって放たれたものが、淫《みだ》らな潤滑剤となって獣の抽挿《ちゅうそう》を助ける。

「いっ、あぁ…う、んっ…ぁあ…っ！」

荒々しく突き上げられる度《たび》に、グチュグチュと厭《いや》らしい音を立てて恥ずかしく収縮する内襞《うちひだ》が、宗像に「もっと！　もっと！」と浅ましくねだっている。

「あ、ひっ…感じる…っ、そこ…もっと、あっ、あっ…奥まで…っ！」

「ここか？」

「あっ…ひ、ぃん…っ！」

淫猥《いんわい》なリズムに激しくうねる腰。

雄《おす》の矜持《きょうじ》を取り戻した野生の獣は、深々と犯した獲物を際限もなく貪《むさぼ》り尽《つ》くす。

「いやっ…あっ、あっ…出して、そこに…っ！　いっぱい、奥まで汚して…っ！」

恥知らずな叫びに応じて、一際、速度を増していく律動の激しさ。

「あ、ぁあっ…宗像、ぁ…っ！」

「くぅ…っ！」

突き抜けた頂点に、頭の芯が焼き切れてしまいそうな快感が走る。

ビクビクと淫らな痙攣《けいれん》を繰り返しながら、悠也は自《みずか》らの腹を白く汚したのだった。

やがて、嵐のような一時が去ったテントの中――。

激しく消耗し、息も絶え絶《たゞ》えにシーツに突っ伏《つぷ》した悠也は、自分の背に重く伸し掛かる宗像に抗議した。

「いい加減…退《ど》けったら…」

足腰が立たないどころか、もう指一本だって動かせない。

それでも最後の力を振り絞って、悠也が背中の宗像を押《お》し退《の》けようとするのは、いいだけ自分を犯した肉の剣が、未《いま》だ軀の奥深くに突き刺さったままだからだ。

精も根も尽き果てたこの状態で、またも猛《たけ》り立《た》たれては堪らない。

「重いって、宗像…」

「何だよ、二回目を欲しがったのはお前の方だろ?」

「三回目は…俺じゃない…」

「そうだったか?」

可愛《かわい》げのない口答えさえも、今の宗像には欲望の呼び水になりかねない。

だいたい、そうでなくとも、ぐったりとシーツに俯《うつぶ》せた悠也の白い項《うなじ》は汗に塗《まみ》れて、むしゃぶりつきたくなるほど扇情的《せんじょうてき》なのだ。

とはいえ、最初の無茶な挿入で、明らかに傷つけてしまった悠也の蕾《つぼみ》のことを思えば、更なる荒淫は避けるべきだろう。

「お前、破傷風の予防注射はしてきたか?」

「いっ、ぁ、あん…っ!」

耳朶《じだ》を嬲《なぶ》る囁《ささや》きとともに、ズルリと抜き出されていく淫猥な衝撃に、悠也が喘《あえ》ぎ声《ごえ》を漏《も》らす。

「色っぽい声を立てるなよ」

「う、うるさいっ!」

「口だけは元気みたいだな?」

宗像は笑って、俯せた悠也の髪をクシャクシャに掻《か》き回《まわ》した。

破傷風の心配はともかくとして、とりあえずは、傷つけてしまった悠也のそこを拭《ぬぐ》ってやる清潔な布が必要だ。

ところが、隣のテントからタオルと、できれば消毒薬を拝借《はいしゃく》してこようとした宗像は、ベッドから立ち上がろうとして失敗した。

悠也が腰に腕を回して抱きついてきたからだ。

「おいおい、どうした?」

後ろから引っ張られて、ベッドに尻餅《しりもち》をついた格好の宗像は、まるで母親の後追いをする幼子のような悠也の腕に苦笑した。

「何だ、やっぱり犯《や》り足《た》りなかったのか?」

もちろん、軽い冗談のつもりだった。

だが、次の瞬間、腹の底から搾《しぼ》り出《だ》すような悠也の声が背中に響いて、宗像はハッとした。

「行くな、宗像…！」

「悠也？」

「行くな…もう、どこにも…！」

絶対に離れまいと、必死にしがみ付いてくる腕に込められた切実な思い。

思えば、日本を発つときにも、悠也は今と同じように宗像を引きとめようとした。

それを無情にも振り払い、我を通して旅に出たというのに、そんな自分を、悠也は命の危険も顧《かえり》みず、こんな奥地の反政府ゲリラのキャンプまで捜しに来たのだ。

正直、何の経験もない悠也が、よくも無事にここまで辿り着けたものだと、今更ながらに恐ろしさを感じずにはいられない。

こうした現場に潜入中《せんにゅうちゅう》には、仕事にすべての集中力を傾《かたむ》けるためにも、悠也との連絡を絶つことにしている宗像だが、こんな暴挙に出ると知っていたら、無事を伝える連絡だけでも入れておくのだった。

実際、悠也が遭遇したかもしれない危機的な状況の数々を思えば、銃撃戦の最中に被弾したことなど、何ほどでもないという気になってくる。

尤《もっと》も、宗像自身は、まさか自分の行方《ゆくえ》不明がニュースとなって、日本でも報じられたことなど、知る由《よし》もなかったのだけれど。

『お前の方こそ、もう二度と俺のために危ないマネはしないでくれよな…』

己《おのれ》の身勝手を棚に上げた言い分だったが、悠也を思う宗像の気持ちに嘘はなかった。

「悠也…」

ひしとしがみ付いてくる手に、そっと自分の手を重ねる。

しかし、二人だけの時は、そこで唐突に終わりを告げた。

バッと音を立てて入り口の幕を上げたダイアンが、十二、三歳かと思われる少年を連れて、中に入ってきたからだ。

「お悦《たの》しみのところ悪いけど、シリンが困ってるから、続きはまた後にしてちょうだい」

そう言って、ダイアンは包帯や消毒薬を載せたトレイを持つ少年の肩を押した。

真っ赤になって俯《うつむ》くシリンという少年は、どうやら宗像の傷の世話をしに来たらしい。

『いっ、いったい…！　いつから外に立ってんだ、この子…⁉』

さすがに宗像もバツが悪そうだったが、悠也に至《いた》っては、ほとんど悶死ものの羞恥《しゅうち》である。

これでシリンはもちろん、薄々は感づいていたであろうダイアンにも、悠也と宗像の関係をはっきりと知られてしまったことになる。

いや、それどころか、防音など期待できないテントの中で上げた恥知らずな嬌声《きょうせい》を、悠也はどれほど多くの人々に聞かれてしまったのだろうか。

宗像のテントは個室形態になっているが、キャンプには隣接して多くのテントが張られており、多数のゲリラたちが潜伏《せんぷく》しているのだ。

『し、死にたいかも…！』

夢中になるあまり、自分でも定かではないほどに曝《さら》した痴態《ちたい》の数々を思うと、悠也は本当に穴があったら入りたい心境だった。

果たして、そんな悠也の心情を汲《く》んでくれたものかどうか、宗像が、羞恥に固まって動けずにいるシリンに声をかけた。

「悪かったな、シリン。包帯の交換は自分たちでするから、お前はもう行っていいよ」

トレイを受け取った宗像の言葉に、シリンが脱兎《だっと》のごとくテントから飛び出して行く。

だが、ここにはまだ、情け容赦《ようしゃ》の欠片《かけら》もないダイアンが残っていた。

「ところで悠也、ちゃんとゴムは使ってもらった？　言っておくけど、ここにはシャワーなんてないから、奥まで汚されちゃったんなら大変よ。川の中で指を突っ込まなくちゃ――」

「…っ‼」

何の恨みがあるのか、聞くに堪《た》えない言葉の数々が、悠也の羞恥心をズタズタにする。

宗像が間に入ってくれなかったら、悠也は堪《こら》えきれずに絶叫していたかもしれない。

「よさないか、ダイアン！　悠也はお前と違って奥ゆかしいんだ！」

「あら、可愛い恋人を、ここまで連れてきてあげた恩人に対して、ずいぶんな言い草だわね」

「お前が悠也を？」

「ええ、そうよ。こんな世間知らずの坊っちゃんが、独りで来られるはずないでしょう？　尤も、連れて行くって決めたのはハスラムで、わたしは反対したんだけどね」

肩を竦《すく》めたダイアンは、ここまでの経緯を掻《か》い摘《つま》んで説明した。

その危険極まりない、正に想像以上の内容を聞かされた宗像が、思いきり頭を抱えたのは言うまでもない。

「わかった、ダイアン！　ひとつ借りだ！」

「わかればいいのよ」

宗像が出した結論に、ダイアンが満足気な笑みを浮かべて出ていく。

一方、テントに残った宗像は、改めて悠也が生きてこの場に辿り着いたのは奇跡だと思わずにはいられなかった。

実際、さっきは欲望に目が眩《くら》んで気づかなかったが、悠也の左頬《ひだりほお》には、ＡＫ－47の柄《え》で殴られたという痕《あと》が、今もはっきりと残っている。

「まったく、なんて無茶をするんだ！」

「そのＡＫ－47で撃たれたヤツに言われたくない！」

多分に負け惜しみの屁理屈《へりくつ》ではあったけれど、銃撃戦に巻き込まれて行方不明になっていた男から、悠也としたら説教される筋合いはなかった。

「谷で俺を襲った追剝《おいは》ぎは、ハスラムに撃たれて死んだんだぞ！」

「俺が撃たれたのはＡＫじゃなくて、５．５６ミリ弾を使った銃だ！」

「何が違うんだ！」

「まるで違うさ！」

事実、ＡＫシリーズで使われる７．６２ミリ弾だったら、撃たれた瞬間、宗像の軀にはパックリと大穴が開いて、即死間違いなしだった。

偶々《たまたま》、流れ弾が殺傷能力の低い５．５６ミリ弾で、幸運にも内臓を傷つけることなく貫通してくれたからこそ、宗像は僅《わず》か三週間でここまで回復することができたのだ。

尤も、それを悠也に説明したところで、次はＡＫシリーズで撃たれるかもしれないと、余計に言《い》い募《つの》られるだけに違いない。

「ああ、クソッ！」

ここは折れるしかないと諦《あきら》めた宗像は、手にしていたトレイをベッドの上に投げ出した。

「奥まで洗って消毒してやる！」

「なっ…！」

言うが早いか、乱暴に両の足首を摑んできた宗像に、悠也は目を剝いた。

傷つけられたのは事実でも、そんな場所を、セックス以外のときに人目に曝すなんて、いくら相手が宗像でも堪えられない。

「じっ、自分で出来るっ！」

けれど、ものの一分で抵抗は封じられ、悠也は舌を嚙《か》み切りたくなるほど恥ずかしい様を曝すこととなった。

「いっ、いやだ…！　見るなぁ…っ！」

「ああ、大丈夫。熟《う》れた果実みたいに赤く腫《は》れているが、奥までは切れていない」

「くぅ…っ！」

耳元に意地悪く響く淫らな囁きに、悠也はギュッと目を瞑《つむ》った。

すぐに冷たい液体が、大きく開脚させられたそこに注《そそ》ぎ込《こ》まれ、奥まで挿入された指で、欲望の残滓《ざんし》がたっぷりと掻き出される。

「ふっ、ん…は、ぁあ…っ…」

悔しいけれど、羞恥に身悶《みもだ》える思いとは裏腹に、嬲られる屈辱さえも悦《よろこ》んでいる自分がいる。

こんな行為を許せるのは、世界中捜したって宗像の他には誰もいない。

『あぁ、宗像…！』

浅ましく嬌声を放ってしまわないよう、必死に歯を食いしばる悠也の胸を、不思議に満たしていく安堵感。

なぜなら、宗像はちゃんと生きていて、撃たれても変わらず傲慢《ごうまん》な俺様男だ。

後は、そう、この憎らしいほど愛しくて堪らない男を、一緒に連れて帰るばかり――。

ところが、宗像との帰路を夢見ていた悠也の思いは、簡単に打ち砕かれてしまった。

「なっ、何だって…⁉」

処置の済んだ悠也は、瞬間、我が耳を疑った。

「俺の仕事は、まだ終わってないと言ったんだ」

「宗像…っ！」

安心したのも束《つか》の間《ま》、宗像が反政府ゲリラのキャンプに身を寄せていたのは、回復後に更なる取材を続けるためだったと聞かされて、悠也は目の前が真っ暗になった。

しかも宗像は、ここまで来た悠也に独りで帰れと言う。

「来週、ハスラムが次の仕事に出るとき、一緒に国境まで送ってもらえるように手筈《てはず》を整《ととの》えてやるから、それまでは、俺のテントでおとなしくしていろ」

「じょ、冗談じゃないぞっ…！」

激怒した悠也は、シーツの上に転がっていた消毒薬の壜《びん》を、宗像目掛けて投げつけた。

けれど、ベッドに寝転がったままの手元は狂って、宗像なら問題なくキャッチできたはずの壜は、思わぬ方向へと空《くう》を切った。

『うわ、やばい…！』

一瞬、自分のやったことに冷や汗を掻いた悠也だったが、幸いにも惨事《さんじ》は免《まぬが》れた。

ちょうどテントの幕を撥ね上げて入ってきたハスラムが、驚くほどの反射神経で消毒薬の壜を摑んだのだ。

尤も、ホッとする間もなく、悠也には雷が落とされた。

「おい、お前！　こんな消毒薬でも、ここでは貴重品なんだぞ！」

「すっ、すまない…」

「まったく！　これだから平和ボケした坊やの面倒は見きれない！　シリンの方が、よっぽど物事がわかっているぞ！」

既《すで》にハスラムの前では、何度となく世間知らずの醜態《しゅうたい》を曝している悠也だが、どうやらこれで、自分の年齢の半分にも満たないシリンよりも役立たずと見なされてしまったらしい。

しかも、ハスラムは実際、悠也の年齢を大きく見誤っていた。

「お前も大学に行く歳なら、いい加減、大人になれ！」

「は…？　大学…？」

確かに、あの谷底でダイアンに自己紹介したとき、悠也は留学先で英語を覚えたと言ったが、それは十年以上も前の話である。

果たして、呆気に取られる悠也に代わって、誤解を解《と》くために説明をした宗像の言葉に、ハスラムは本気で唖然《あぜん》とした。

「日本人は若く見えるかもしれないが、コイツは俺と同い年なんだよ、ハスラム」

「宗像と同い年だと!?」

「ああ、俺は三十二歳だ！」

勇《いさ》んで畳み掛けた悠也だったが、すぐに逆襲のパンチを浴びせられることになった。

てっきり年上だと思っていたハスラムが、なんと、悠也よりも七つも歳下だったのだ。

「お前、本当に二十五歳なのか…!?」

びっくりしすぎて、思わず声の調子が裏返った悠也に、眼光鋭く、普段はあまり表情を変えない男が、初めて大きく破顔した。

「どう見ても、歳相応だろうが!」

「俺だって、日本じゃ歳相応だ!」

やや大人気なく言い合う二人に、宗像は黙って肩を竦めた。

どちらの外見が年齢的にグローバルスタンダードなのかは別として、悠也を日本に帰すつもりでいる宗像としては、是非《ぜひ》ともハスラムとの商談を纏《まと》めておかなくてはならない。

「ハスラム、来週になったら、悠也を国境のマナス村まで頼む」

「コイツだけか?」

「ああ、そうだ」

「ちょっと待てよ、宗像!」

未だ本人が了解していないというのに、勝手にハスラムと出国の段取りを相談しはじめた宗像に、悠也が噛み付いたのは言うまでもない。

「独りでなんて、俺は絶対に帰らないぞ!」

それなのに、長身の男二人は、完全に悠也を無視だ。

「いくらでやってくれる？」

「千二百だな」

「千二百だと⁉」

「ああ、コイツを連れてくるのに、千ドル貰《もら》ったんでね」

「クソッ！」

ハスラムに相場の倍も吹っかけられた宗像は、苦々しく舌打ちした。

これだから、素人《しろうと》が余計な首を突っ込んでくると困るのだ。

「悠也！　まったく、お前ときたら、ここでの相場を一挙に倍に跳ね上げたんだぞ！」

言うが早いか、宗像は悠也のリュックを引っ繰り返した。

「何するんだ、宗像！」

「そら、ハスラム、前金の六百ドルだ」

騒ぎ立つ悠也を無視して、宗像は探し当てた悠也の財布から札を抜き、ハスラムに手渡した。

「残りはお前が戻ってから払う」

「悪くない商売だ」

だが、成立寸前だった二人の商談を、悠也の尤もな一言が阻止した。

「ハスラム！　それは俺の金だぞ！」

「それがどうした？」

「俺の金を受け取るなら、俺と商売するべきだろうが！」

シーツを腰に巻きつけてベッドから下りた悠也は、改めてハスラムに詰め寄った。

「俺は独りでは帰らない！　だから、これは俺の滞在費だ！　この六百ドルで、俺はいつまでこのキャンプにいられる？」

悠也の提案に、ハスラムは一瞬、怪訝《けげん》な表情を見せたが、その答えは考えるまでもなかった。

何しろ、丸三日に亘《わた》る危険な強行軍よりも、この大所帯のキャンプに、ただ同然の寝床と食事を用意してやる方が、遥《はる》かに簡単で割のよい仕事だ。

「好きなだけいるがいいさ」

「ハスラム！」

当然、宗像は怒ったが、金の出所が悠也である以上、如何《いかん》ともし難い。

甚《はなは》だ不本意ながらも、腹を括《くく》らざるを得なくなった宗像は、仕方なくジーンズの尻ポケットから、クシャクシャになった数枚のドル紙幣《しへい》を取り出した。

「これで、護身用の銃を一丁《いっちょう》、売ってくれ」

「この金額じゃ、中国製のトカレフしか売ってやれないぞ」

「構わん。どうせ護身用だ」

宗像の要望に応《こた》えて、ハスラムが直《す》ぐ様《さま》、身に纏ったマントの下から拳銃を取り出したことに、悠也はギョッとした。

しかも、それを受け取った宗像は、慣れた手つきでスライダーを引き、弾詰まりなどの問題がないかをチェックしている。

ニューヨークで暮らした四年間にも、護身用の銃を持とうなんて考えたこともなかった悠也にとっては、今更ながらに異世界の風景だ。

果たして、宗像から手渡されたそれは、ずっしりと悠也の手に重かった。

「いいか？　これは何かあったときに、相手を威嚇《いかく》する護身用だ。だから、よっぽどのことがない限り、撃ってみようなんて考えるなよ？　ヘタに撃つと、怪我をするからな」

そう言って、宗像は手動の安全装置についてだけ、念入りに説明してくれた。

たぶん、宗像にしてみれば、暴発が一番の心配だったのだろう。

『こんなものを持たなくちゃならないくらい…ここは危険な場所なんだ…』

改めて思い知らされる現実に、悠也は恐る恐る、聞かずもがなの質問をしてみた。

「お前は…撃ったこと、あるのか…？」

「ああ」

眉間《みけん》に縦皺《たてじわ》を刻んだまま、短く肯定《こうてい》する宗像に、独特の重みを感じさせられる一瞬。

事実、宗像はこれまでにも、傭兵《ようへい》部隊と行動を共にしたり、南米の麻薬カルテルに潜入したりと、一筋縄ではいかない危険な仕事をいくつも熟《こな》している。

『ここで死ぬとしたら、きっと俺の方だな…』

独りでは、絶対に帰るものかと心に決めた悠也だったが、或《あ》いは、自分が足手纏いとなって、宗像と二人で帰ることができなくなるのではないかという不安が、不意に頭を掠《かす》めた。

けれど、ここまで来た以上、もう後戻りはできない。

安易に妥協した結果、またも悶々と宗像の身の上を案じながら待ち続けるなんて、悠也にはもう堪えられないのだ。

『何があっても、帰るときには宗像と一緒だ…！』

しかし、気持ちを奮《ふる》い立《た》たせる悠也を余所《よそ》に、宗像は苦虫を嚙み潰《つぶ》したような表情を変えようとしない。

尤も、それは宗像にしてみれば、無理からぬ心配があったからである。

「とにかく、帰らないなら、俺のテントの中に籠《こも》っていろ！　どうしても出歩くときには、トカレフを持って、頭からすっぽりマントを被《かぶ》ること！　独り歩きは厳禁だ！」

「何だよ、それ！」

「いいから、俺の言う通りにしろ！」

まるで一人娘に悪い虫がつくのを恐れる父親のように高圧的な物言いに、トカレフに気圧《けお》されていた悠也も、さすがにムッとした。

だが、実際、宗像の心境は、娘の純潔を守ろうとする父親のそれに近いものがあった。

何しろ、悠也が際限もなく淫らに上げた嬌声や悦楽の叫びは、キャンプ中に知れ渡ったはずで、男所帯に暮らすゲリラたちの欲情を、煽《あお》るだけ煽ったに違いないからである。

「お前みたいなヤツ、その辺をふらふらしてたら、あっと言う間に輪姦《まわ》されるぞ！」

「なっ…⁉」

持たされたトカレフが、何から身を守るためのものなのか知らされて、悠也は絶句した。

よもや男の自分が、大真面目《まじめ》にレイプ被害を恐れる事態に置かれようとは、同性愛者を自覚する悠也にとっても屈辱的だ。

ましてや、わざわざ男を狙うまでもなく、ここにはダイアンという、本物の女がいるのだ。

しかし、心配するならダイアンが先だとした悠也の主張は、ハスラムに鼻で笑われた。

「あの女なら、自分を襲った男の股座《またぐら》を、平然と撃ち抜いて吹き飛ばすだろうからな」

「そっ、それは…！」

実に信憑性のある話だと思ってしまった時点で、悠也には反論する材料がなくなった。

それに、そもそも異教徒の女と交わることを嫌うお国柄《くにがら》である上に、一夫多妻制が基本となっているK共和国では、結婚自体にあぶれてしまう男たちも多く、十代の若い少年たちは、しばしば欲望の対象として扱われるらしい。

『で、でも、俺は三十二歳なんだぞ…？　あのシリンって子ならともかく…』

思いかけて、悠也はハッとした。

『シリン…あの子は、いったい…?』

不意に、宗像の包帯を替えにきた少年の顔が、悠也の脳裏を過《よ》ぎっていった。

少女めいて柔らかな頰の輪郭。子鹿のように円《つぶ》らな瞳。

発育途上にある少年の軀はあくまでも華奢《きゃしゃ》で、中性的な独特の色香を放っていた。

今はもう大人の男になった悠也の肉体からは、失われて久しい魅力――。

宗像はもちろん、子供を襲って犯すような卑劣《ひれつ》な男ではない。

それでも、男の視線がより若く美しい姿態を追ってしまうのは自然なことで、何も対象が女に限ったことではないだろう。

事実、瑞々《みずみず》しい肌をしたシリンと並べば、さぞかし色褪《いろあ》せて見えるであろう自分自身の姿が、悠也にも容易に想像できる。

いや、何も男の子を引き合いに出さなくとも、もともとゲイではない宗像にとって、一緒に仕事をするブロンド美人のダイアンこそが、悠也などより、よほど魅惑的な存在なのではないだろうか。

『俺は馬鹿げたことを考えている…』

頭でわかっていても、自虐的《じぎゃくてき》な深読みがとまらない。

際限もなく広がっていく卑屈な妄想に、悠也は身震いした。

そう、今は愚かな思い込みに囚われ、無意味な嫉妬《しっと》に駆られている場合ではない。

宗像のいるキャンプに留まるために必要とあらば、悠也は何でもやるしかないのだ。

「わかったよ。出来る限り気をつける」

「ああ、それが出来ないようなら、縛ってでも日本へ送り返すからな！」

いつにも増して横柄《おうへい》なその口調が、宗像の悠也に対する独占欲の裏返しであってほしい。

しかし、悠也の唇には、すぐに自嘲《じちょう》の笑みが零《こぼ》れた。

『そんなはず…ない、か…』

涙ながらに捨て身で縋《すが》った悠也の願いよりも、宗像には優先すべき自分の世界があるのだ。

「――だって、お前、俺のことが好きなんだろう？」

不意に蘇ってきた宗像の残酷なセリフに、悠也は激しく打ちのめされた。

結局、今も昔も、どんな理不尽でも許してしまうほど、好きで好きで堪らないのは悠也だけで、こんな地の果てまで迎えに来たところで、宗像は一緒に帰ってくれさえしないのだ。

『考えても仕方がない…』

思い直した悠也は、ハスラムの手から、先ほどの消毒薬の壜を取り返した。

「ほら、宗像、包帯を替えるんだろ？」

無残だが、ほとんど治りかけている宗像の傷痕に、悠也は密やかな安堵のため息を吐いたのだった。

＊　＊　＊

悠也《ゆうや》が反政府ゲリラのキャンプで過ごすようになって一週間――。

傷が癒《い》えた宗像《むなかた》は、三日前から仕事に出て留守だ。

止めても無駄だとわかってはいたが、これでは距離が近いだけで、日本で心配しながら帰りを待つのと変わらない。

しかも、ゲリラたちと余計な悶着《もんちゃく》を起こさないために、悠也は宛《あて》がわれた宗像のテントから出ることもできず、ストレスは溜《た》まる一方である。

「ああ、自由に外の空気が吸いたい…！」

叫んだところで、宗像から護衛の依頼を受けたハスラムが常《つね》に目を光らせていて、悠也は密かに脱走を図《はか》るどころか、完全に籠《かご》の鳥と化している。

そんな訳で、その日、テントを訪ねてきたダイアンを、悠也は歓迎した。

一応、あのシリンという可愛《かわい》い少年が、何くれとなく身の回りの世話をしてくれるのだが、残念ながら英語が通じないため、悠也はいたく会話に飢《う》えていたのだ。

それに、共同で取材しているというダイアンから、悠也は宗像が教えてくれなかった、ここK共和国での詳しい仕事の内容について聞きたいとも思っていた。

ただ、辛辣《しんらつ》ではっきり物を言い過ぎる彼女は、正直言って、悠也が最も苦手とするタイプの女性でもある。

「あら、どうやら剛《ごう》の言いつけを守って、いい子にしてるみたいね?」

案の定、チクリと揶揄《やゆ》する一言から始まった会話に、悠也は若干《じゃっかん》、げんなりした。

とはいえ、ダイアンが来てくれたおかげで、悠也はキャンプの現状や地域一帯の様子、或《ある》いは、ゲリラたちの抵抗運動について、様々に知ることができた。

更には、これまで漠然《ばくぜん》ときな臭《くさ》く危険な男だと思っていたハスラムに関しても、彼女はいくつかの情報をもたらしてくれた。

そう、短く言ってしまえば、無敵の便利屋。

金と条件次第で何でも請け負《うお》うハスラムは、武器や密輸品の調達や運搬はもちろん、時に人買いも平然と遣《や》ってのけるのだという。

『なんてヤツだ…!』

実はシリンも辺境の村からハスラムに買われてきたと聞かされて、悠也は憤《いきどお》りを新たにした。

尤《もっと》も、そのシリンを買い取ったのが宗像だという話には、どう反応すればよいのか、すぐには判断がつかなかった。

「いくら可哀想だと思っても、滅多なことでは、現地の慣習や遣り取りには介入しないのが鉄則なのに、剛があんな事するなんて珍しいわ。まぁ、確かに、シリンは可愛い顔してたけどね」

「そう…です、か…」

「ああ、でも大丈夫。剛は小児性愛者ってわけじゃないから」

「あ、当たり前だ…！」

一瞬、あらぬ疑いが頭を掠《かす》めた分、慌てて同調した悠也だったが、事実、宗像はシリンを買い取った後、キャンプで雑用をして自立できるよう、ゲリラの幹部に掛け合ったのだという。

シリンがやたらと宗像に懐《なつ》き、その恋人である悠也の世話を焼こうとするのも、そうした事情があったからこそらしい。

だが、肝心《かんじん》のハスラムについては、結局、それ以上に詳しいことは誰にもわからない。

このK共和国に限らず、地域一帯のどこにでも神出鬼没に現れ、仕事を熟《こな》していく手腕は只《ただ》者《もの》ではなく、相当数の拠点と部下を持っているはずなのに、その出自《しゅつじ》や組織については、すべてが謎のヴェールに包まれているのだ。

「私も剛も、何だかんだで四、五年の付き合いになるけど、謎は深まるばかりね」

ダイアンの言葉に、「ハスラムを信用しすぎるな！」と、釘を刺していった宗像のセリフが思い出される。

とはいえ、自分がキャンプを離れる間、悠也の護衛をハスラムに頼んでいったのは宗像本人で、こうなれば、何を信じるべきなのかすらわからなくなる。

たとえば今だって、悠也はこのダイアンから聞いた話を、本当に頭から鵜呑《うの》みにしてもよいものだろうか。

『あぁ、疑い出したら切りがない…！』

平和ボケと揶揄されようとも、命の危険もなく、信頼というものが、未《いま》だ少なからず社会に担保《たんぽ》とされている日本が、ひどく有《あ》り難《がた》いものに思えてならない。

どこか鬱々《うつうつ》とした気分に囚《とら》われそうになった悠也は、ふと当初の目的を思い出した。

会話に飢えていた状況も然《さ》ることながら、悠也はダイアンから是非《ぜひ》とも宗像の仕事について聞き出したかったのだ。

ところが、いざ尋《たず》ねてみると、当然、K共和国で起こっている紛争《ふんそう》の実態に迫るべく、反政府ゲリラに同行しているものとばかり思っていた宗像は、まったく違った目的のために行動していた。

「えっ…!?　ゲリラ活動の取材じゃないんですか…！」

予想外のダイアンの返答に、悠也は思わず頓狂《とんきょう》な声を上げてしまった。

「いいえ。私たちの目的は、これの秘密を暴くことよ」

そう言って、ダイアンは迷彩服のポケットから、小さな容器を取り出した。

「え…？　目薬…それとも、香水か…何かの薬品…ですか…？」

アトマイザーと見えなくもない容器に入った透明な液体に、悠也は首を傾《かし》げた。

「あら、意外といい勘してるわね？　これ、アメリカで密《ひそ》かに出回ってる目薬なのよ」

「はぁ…」

だが、そこから先は、悠也の想像を遥《はる》かに絶する話だった。

通称《アイウォッシュ》と呼ばれるそれは、その名の通り、点眼によって摂取する新手の麻薬で、強烈な幻覚と催淫《さいいん》作用によって、人々を驚異的な快楽の虜《とりこ》にするものだという。

しかも、特殊な製法により、人体に取り込まれると即座に分解するため、血液、尿《にょう》、頭髪など、何を調べても麻薬使用の痕跡《こんせき》が出ない。

当然の成り行きとして、《アイウォッシュ》は恐ろしいほどの高値を付けながらも、セレブの間で飛ぶように売れた。

「どんなにラリったところで、証拠が出ないんだから、いくら払っても安いものよね」

保釈金や弁護士の必要もなく、逮捕によって地位や名声を失う心配もない夢の麻薬。

しかし、一年ほど前から、奇妙な自殺が続くようになった。

錯乱《さくらん》の末、自分の眼球にナイフを突き立てる者や、拳銃で自分の目を撃ち抜く者が続出したのだ。

「自分で自分の目を…!?」

「ね？　あり得ないでしょう？」

当初は上流階級の人間が多かったこともあり、自殺の詳細は伏せられていたが、十代のカリスマと騒がれた歌姫が死んだことで、事態は一時期、タブロイド誌の一面を賑《にぎ》わせた。

「その話なら、俺も覚えてます。でも、すぐに沈静化したんじゃ…？」

「ええ、そうよ。何たって《アイウォッシュ》の常用者には、マスコミに絶大な影響を及《およ》ぼす権力者が多いから」

「それじゃ、目を潰《つぶ》すのは、やっぱり《アイウォッシュ》の影響なんですね？」

「医学的な裏づけはないけど、確かだと思うわ。使用者全員の身に起こるわけじゃないけど、ある種の乱用者には、眼球に悪魔が棲《す》みつく妄想が生まれるみたい」

そして、《アイウォッシュ》について詳しく調べるうち、ダイアンはK共和国が生産地であることを突き止め、旧知の宗像に取材の協力を要請《ようせい》したのだという。

「さすがに私独りじゃ、生産工場に潜入《せんにゅう》して、証拠写真を撮ってくるなんて無理だもの」

ダイアンは小さく肩を竦《すく》めて続けた。

「それに、《アイウォッシュ》には、まだ巨大な裏があるしね――」

「巨大な裏が…？」

けれど、後は思わせぶりな笑みを浮かべるだけで、ダイアンはそれ以上の話を口にしようとしなかった。

『ジャーナリストなら、記事の詳細や情報源を秘匿《ひとく》して当然か…』

一応は納得したものの、この件には宗像が関わっているのだと思えば、悠也としても、もっと情報が欲しいところである。

『俺はアイツの…恋人、じゃないのか…?』

たとえ一番の存在でなくとも、特別な意味合いを持った存在ではあるはずだと信じたい。

だが、そんな細《ささ》やかな願望を抱くことすら、悠也には許されなかったらしい。

話を変えたダイアンが、思わぬ質問をぶつけてきたからだ。

「――ところで、あなた、日本では剛と一緒に暮らしてるのよね?」

「えっ…?」

あまりに唐突な問いかけに、ちょっと目を瞬《しばた》かせた悠也だったが、宗像とは、とても一緒に暮らしているとは言えない。

「アイツが年に何ヵ月か、俺の家に転がり込んでるだけだよ…!」

顔を顰《しか》めた悠也に、ダイアンが皮肉な笑みを浮かべた。

「それじゃ、あなたと私、立場的には似たようなものなのかしら?」

「…っ!?」

その瞬間、悠也を襲った驚き――。

「わたし、ニューヨークでは剛のアパートに住んでるのよ」

宗像がキャンプを後にして、三度目の夜が、もうそこまで訪れようとしていた。

それから、まんじりともせず迎えた夜明けに、悠也は笑ってしまいそうだった。

『何だって今更、俺はこんなにも打ちのめされてるんだ…？』

仕事とはいえ、年に八ヵ月も音信不通になる宗像に対して、これまで、何の疑いも抱かなかったと言えば嘘になる。

それでも、悠也が具体的な誰かの影を、宗像の背後に感じたことは一度もなかった。

だが、今度ばかりは――。

「宗像のアパートに、住んでるって…？」

自虐的《じぎゃくてき》に呟《つぶや》いて、悠也は忍び笑いを漏《も》らした。

現在、宗像がベースキャンプとしているニューヨークの古いアパートは、亡くなったジャーナリストの父親が残してくれたもので、悠也が留学中に暮らしていた場所でもある。

ワンルームでこそないが、書斎と寝室が一つしかない間取りを考えれば、あそこは友人同士でシェアする物件ではない。

つまり、宗像とダイアンの関係は、言わずもがなということになる。

とはいえ、辛辣な物言いはあるとしても、嫉妬心《しっとしん》や独占欲を剝《む》き出《だ》しにするでもない彼女の態度を、悠也はどう受け取ればよいのだろうか。

「立場的には似たようなものって、何なんだよ、いったい…？」

まるで宗像の恋人だと思い込んでいた独りよがりを、鼻で笑われたような気がした。

いや、それでも、このキャンプで宗像のテントにいるのは、彼女ではなく悠也ではないか。

「馬鹿みたいだ…」

この期《ご》に及《およ》んでも、何とか自分の優位性を探そうとしているいじましさに、悠也は呆《あき》れた。

そう、何の約束もなく、気紛《きまぐ》れに戻ってきてはセックスするだけの宗像との関係が、恋人であるはずがない。

宗像にとって、悠也もダイアンも変わらず、その時々で都合がよい相手に他ならないのだ。

けれど、悠也はダイアンのように、冷めて割り切った顔はできない。

『あぁ、どうしてこんな…！』

己《おのれ》を哀れんでも仕方がないとわかっていたが、こんな地の果てまでも、持てるすべてを投げ捨ててやって来るほど、宗像に心奪われている自分自身が、悠也には堪《たま》らなかった。

『宗像…っ！』

込み上げてくる切なさに、涙が滲《にじ》みそうになる。

やがて日が昇り、シリンが朝食を運んできてくれたが、悠也には食欲の欠片《かけら》もなかった。

言葉が通じないなりに心配し、おろおろするシリンには悪いと思ったが、空《から》元気を装《よそお》うのさえ虚《むな》しいばかりだ。

果たして、昼食にも手を付けようとしない悠也のもとに、ハスラムがやって来た。

「お前が何も食わないと言って、シリンが泣いているぞ」

「大丈夫だと伝えてくれ…ただ、食欲がないだけだ…」

「お前のように、食えるときに食わないヤツは、結局、死ぬことになる」

「うるさいな！　こんなところに閉じ籠っていたら、腹なんか空《す》かないんだよ！」

しかし、癇癪《かんしゃく》を起こした悠也に、ハスラムは意外なことを言った。

「では、外に出ればいい」

「えっ…？　外へ出ても…いいのか…？」

「なぜ、いけないのだ？　俺はお前の護衛を請け負っただけで、別にこのテントの見張りを頼まれたわけじゃない」

「…っ⁉」

正に目からウロコの一瞬だった。

実は鍵など掛かっていない牢獄に、悠也は自《みずか》ら何日も留《とど》まっていたのだ。

「そんなに暇を持て余しているなら、キャンプの取材でもしたらどうだ？　お前はダイアンと同じ記者なのだろう？」

「い、いや、俺はもう…記者じゃ…」

答えかけて、悠也はハッとした。

日本の新聞社を辞めたからといって、悠也がジャーナリストでなくなったわけではない。

それどころか、何の頸木《くびき》もなくなった今、社会派のルポライターになりたいという、子供の頃からの夢を実現させるのに、これほど適した環境があるだろうか。

そもそも、反政府ゲリラのキャンプどころか、K共和国に密入国したことがある日本人など、悠也の他にはいないのだ。

そして、幸いにも悠也は、小型のノートパソコンとICレコーダーを持参して来ている。

「そうだ、通訳…！　ハスラム、通訳を頼めるか？」

堂々巡りの鬱々《うつうつ》とした気分から脱却した瞬間。

取材の準備をした悠也は、久しぶりに生き生きとした表情で、颯爽《さっそう》とテントを後にした。

こうして踏み出した晴れやかな一歩が、まさか暗黒の策略の渦《うず》へと向かうものになろうとは、この時の悠也には想像もつかなかったのだった。

＊　　＊　　＊

さて、こちらは悠也《ゆうや》をキャンプに残して出てきてから丸二日――。

迷彩服の上に、弾倉を詰め込んだアサルトベストを着込み、右肩にAK-47を担《かつ》いだ宗像《むなかた》は、メスキットやL型ライト、シュラフといった装備一式が入ったパックを背負《せお》って、反政府ゲリラに雇《やと》われた傭兵《ようへい》の小隊と共に、南に向かって行軍していた。

夜明けから日暮れまで、湿気に汗ばむ森林地帯を、両サイドが斜《なな》めに展開するアローヘッドの隊形で進んでいく小隊は、宗像を入れて六人編成。

腰に巻いたベルトのマガジンポーチの中身が、データチップやレンズであることと、首から愛用のカメラを提《さ》げていること以外、宗像はまったく傭兵たちと見分けがつかない。

いや、むしろ、勇猛な褐色《かっしょく》の戦士を思わせる宗像の容貌は、他のどんな傭兵たちにも負けず劣《おと》らず、百戦錬磨の兵士のように見えるほどだ。

『どうやら今日も一日、敵襲に遭わずに終われそうだ…』

そろそろ反政府ゲリラの制圧地域を外《はず》れようとしている今、あくまでも油断は禁物だが、西の空に太陽が傾《かたむ》けば、一日の無事を予感して多少はホッとする。

「――よし、今夜はここで野営だ！」

隊長を務めるハインツのその一言を、傭兵たちはひたすら待ち望んで歩き続けるのだ。

「宗像、お前、カメラマンなんか辞《や》めて、いっそ本物の傭兵になったらどうだ？」

やがて、夜営の焚火《たきび》の前で、キャンティーンカップに入れたスープを啜《すす》っていた宗像に、ハインツが話し掛けてきた。

「何しろ、お前ほどのナイフ使いは、滅多にいないからな」

夕食のメインとなった野ウサギを解体した、それは見事なナイフ捌《さば》きを褒《ほ》めるハインツに、宗像は小さく肩を竦《すく》めた。

「祖父《じい》さんが、ナイフの名手だったんだ。白人の頭の皮を、何百枚も剝《は》いだそうだぜ？」

もちろん、そんな話は冗談に決まっていたが、少年だった宗像にナイフの使い方を伝授してくれたのは、生粋《きっすい》のネイティブ・アメリカンだった母方の祖父だ。

その他にも、火の起こし方から薬草の効用、或《ある》いは狩りに必要な罠の作り方など、およそサバイバルに必要な知識全般を、祖父は夏休みの度《たび》に手解《てほど》きしてくれた。

子供の宗像にしてみれば、遊びの延長みたいなものだったが、今にして思うと、その当時の経験や習得した技術の数々が、現在の宗像を形成した基礎となっている。

そして、幾多の修羅場を掻《か》い潜《くぐ》って尚、今日まで生き延びてこられたのは、宗像の軀《からだ》に流れるネイティブ・アメリカンの戦士の血のおかげなのかもしれない。

実際、危機に陥《おちい》れば、宗像はプロの傭兵たちも目を瞠《みは》るほど、ずば抜けた才能を発揮《はっき》した。けれど、宗像はあくまでも報道カメラマンであって、戦闘能力、或いはサバイバル能力の高さは、自分の仕事を完璧に熟《こな》し、且《か》つ生きて帰るための方策に過ぎない。

『だいたい、俺が傭兵に転職するなんて言い出したら、悠也のヤツがどれだけ怒るか…』

宗像の脳裏に、激昂《げっこう》のあまり、榛色《はしばみいろ》の瞳に涙まで滲《にじ》ませて、「行くな！」と叫んだ悠也の顔が鮮やかに蘇る。

『今頃、どうしているだろうか…？』

焚火の炎を見つめながら、宗像は悠也に思いを馳《は》せた。

テントでおとなしくしていろと言い聞かせてきたが、たぶん今頃は、宗像の命令など無視して、悠也は自由にキャンプ内を歩き回っているに違いない。

何しろ、優美でたおやかな容姿を裏切って、悠也はなかなかに頑固な気骨者《きこつもの》なのだ。

尤《もっと》も、そうなる事態を見越していたからこそ、ハスラムに護衛を頼んできたわけだが、あのきな臭《くさ》い男にベッタリ張り付かれた悠也を想像するのも、宗像にとっては業腹《ごうはら》だ。

『ハスラムが悠也を見る、あの目つき…！』

日本で悠也がしばしば笠井《かさい》と会っていることにも、決して良い顔はしない宗像だが、ハスラムは笠井とは格が違う。

ただ、仮に言い寄られたとしても、あの潔癖《けっぺき》でプライドの高い悠也が、ハスラムを受け入れるなんて考えられない。

そもそも、いくら悠也が美しく魅力的でも、先祖から受け継ぐ慣習を重んじる彼らにとって、そういう対象として許されるのは、昔から少年と決まっていて、建前上、成人男子と睦《むつ》むことは恥ずべき行為とされている。

つまり、悠也に迫った挙《あ》げ句《く》、拒まれて騒動にでもなれば、それこそハスラムは、二度とあのキャンプに出入りできないほどの恥をかくことになるのだ。

『結局、悠也が脚《あし》を開くのは、俺に対してだけだ…！』

不敵に宗像を貫《つらぬ》く、傲慢《ごうまん》この上ない絶対の自信。

何度となく淫《みだ》らに犯しても、次に会うときには、また処女のごとく頑《かたく》なで慎《つつ》ましやかな悠也の蕾《つぼみ》を散らすことができるのは、永遠に宗像だけに許された特権だ。

だから、宗像が真に心配すべきは、キャンプが政府軍に急襲されることなのだが、そういう事態が勃発《ぼっぱつ》した場合、ハスラムは護衛として遺憾《いかん》なくその能力を発揮してくれるだろう。

たとえ、人間的に信用できないまでも、ハスラムが請《う》け負《お》った仕事を完璧に熟す、腕の立つ男である事実に変わりはないのだ。

とにかく、ここで仕事を遂行《すいこう》すると決めた以上、宗像としては、あれが悠也のために取ってやれる精一杯の防護策だった。

それでも不安だというなら、やはり、どんな抵抗に遭おうとも、宗像は最初の時点で、悠也を即刻、日本へ追い返すべきだったのだ。

しかし、わかりきっていた結論を、宗像は敢《あ》えて無視した。

なぜなら宗像は、悠也を少しでも長く手元に置いておきたいという欲求に、自《みず》ら負けてしまったからだ。

『こんなところまで、アイツが俺を捜しに来たりするからだ…！』

今も見つめた焚火の向こうに、テントの幕を撥《は》ね上《あ》げて飛び込んできた悠也の顔が見える。

あの瞬間、宗像の心臓は、銃撃されたときの優に百万倍ものショックに吹っ飛んだ。

悠也は宗像を、過激で命知らずな狂犬のように思っているらしいが、宗像に言わせれば、悠也の方がよほど無鉄砲で危うい。

そして、時として垣間見《かいまみ》せられる、そうした悠也のとんでもない激しさに、宗像はいつだって熱く目が眩《くら》んでしまう。

『悠也…』

赤々と燃え上がる炎に、魅せられたように細められる漆黒《しっこく》の瞳。

と、その時、宗像はハインツの声にハッとした。

「おい、女のことでも思い出していたのか？」

「…っ!?」

「後ろから忍び寄られても、気がつかないような顔をしていたぞ？」

図星を衝《つ》かれて、宗像は動揺《どうよう》した。

やはり、悠也のことを考え、気を取られるのは危険だ。

仮に、さっきのハインツの声が敵襲だったら、宗像は完全に死んでいた。

いつも切れそうなほど張り詰めていては神経が持たないが、それでも一瞬の油断が生まれた刹那《せつな》、戦場では死がパックリと口を開けて兵士を呑み込むのだ。

『生きて帰れなければ意味がない…！』

思い直した宗像は、改めて今後の作戦行動の確認をすることにした。

因《ちな》みに、宗像がこれから向かおうとしている先は、問題の麻薬、《アイウォッシュ》を精製しているとの情報を得た、とある辺境の小さな村だ。

そして、この仕事を完遂し、生きて帰るためには、ハインツたち傭兵部隊の協力が必要不可欠だった。

「ルート・アルファの件は?」

短く切り出した宗像に、ハインツが黙って頷《うなず》く。

彼らがゲリラたちから請け負った作戦は、敵の補給ルートを叩いて物資を奪うというもので、まず斥候《せっこう》を兼ねたハインツたちの小隊が、森林地帯を南に突っ切ってイシク川をボートで下り、下流域沿岸に政府軍が作った桟橋に爆薬を仕掛ける。

その後、合流したゲリラの本隊が、政府軍の運搬船を襲ったところで、一気に桟橋を爆破し、船ごと物資を強奪、逃走を図《はか》るというものだ。

そして、この作戦を成功させるために、最適と思われる行軍経路がルート・シグマである。

一方、宗像がハインツに確認を促《うなが》したルート・アルファは、森林地帯を一旦、北西に迂回《うかい》してからイシク川の上流へ出て、そこから深く刻まれた沢沿いに下流域を目指す進路となる。

当然のことながら、迂回路をとることで、行軍日程が半日は延びる計算となり、決められた日時までに所定の場所で作戦を遂行しなくてはならない部隊にとって、ルート・アルファの選択は難しい。

しかし、ルート・アルファ沿いに、例の《アイウォッシュ》を巡《めぐ》る目的地を持つ宗像は、小隊長のハインツに、敢えて難しい選択を持ち掛けて交渉を重ねてきた。

もちろん、ハインツの小隊に対して、宗像が大きな貸しを持つからこその交渉だ。

そう、実を言うと、宗像が胸に被弾した原因は、敵のトラップに掛かって集中砲火を浴びるハインツたちの小隊を、行き掛かり上とはいえ、見捨てずに援護し続けた結果なのだ。

実際、あの銃撃戦で、ハインツは部下を二人失ったが、宗像がいなければ、本人を含む残り五人も全滅だったに違いない。

「お前には、俺と部下四人分の命の借りがあるからな」

そう言って、ハインツはルート・アルファの選択を確約してくれた。

「助かるよ」

「お前が俺たちのために食らった弾の分は、必ず倍にして返してやるさ」

心強いハインツの言葉に感謝して、宗像は手にしていたキャンティーンカップを軽く掲《かか》げた。

これで一先《ひとま》ずは安心できる。

とはいえ、宗像の仕事はそこから先が大変なわけで、協力を約束してくれたハインツも、その辺りの事を危惧《きぐ》していた。

「だが、ルート・アルファでイシク川の上流に出た後はどうするんだ?」

「そこからは単独行動だ。三十六時間後に、下流域で合流するから拾ってくれ」

「単独行動だと?」

事も無げに言ってのける宗像に、ハインツが眉《まゆ》を顰《ひそ》めた。

「いくら優秀だって、お前はランボーじゃないんだ！　戦場をひとりで駆け抜けようなんて、死にに行くようなもんだぞ！」

いかにも尤もなハインツの叱責《しっせき》だったが、宗像は実際、戦争をしに行くランボーではない。

「カメラマンがシャッターを切るのに、余計な人手はいらないいさ」

そう言って、宗像は愛用のカメラを手にして見せた。

そもそも、どんな時も最前線でカメラを構える宗像にとって、危険と成功は常に表裏一体の関係にある。

信頼できる情報屋や、時に手引きする者は必要だが、己《おのれ》の身の安全を、雇《やと》った護衛の手に全面的に委《ゆだ》ねているようでは、宗像は仕事にならない。

ひどく傲慢に過ぎるかもしれないが、宗像は危険に対する自分自身の的確な状況判断と、鋭い直感力を何よりも信じている。

生死を分けるデッドラインを、本当に踏み越えてしまうギリギリ最後の極限まで、自ら一歩を踏み出さなくては、本物の決定的な一枚は撮れないのだ。

とはいえ、それこそハリウッド映画の主人公ではないのだから、安全な帰路の確保は重要事項で、三十六時間後に回収ポイントで拾ってもらえるかどうかは、宗像にとっても死活問題だ。

実際、往路《おうろ》に敵と遭遇しなかったのは、たまたま運がよかっただけに過ぎない。

己の力を信じる一方で、過信が身を滅ぼす現実を、宗像は骨身に沁《し》みて知っているのだった。

「俺の回収だけ、しっかり頼むよ」

合流地点の確認をした宗像は、尚も納得がいかない様子のハインツを残して、自分のシュラフに向かった。

雲に覆《おお》われた、月のない夜――。

張り詰めた行軍に疲れていたが、宗像はシュラフに潜《もぐ》り込《こ》む前に、L型ライトの灯りでカメラのチェックをし、AK-47の簡単なクリーニングを行った。

AK-47は、泥水の中に浸《ひた》しても、そのまま射撃できるほど汚れに強い銃ではあるが、それでも時間があれば、手入れをしておくに越したことはない。

「――お前はランボーじゃない、か…」

スプレー式のガンオイルを使って、最前線用の簡易クリーニングを銃に施《ほどこ》しながら、気がつけば、宗像はハインツのセリフを繰り返していた。

確かに、今回のように入国前から綿密に計画を立てて仕事をする場合、単独行動はあり得ず、最初から身の安全を考えて、腕の立つガイドかアシスタントを雇っておくものだ。

しかし、すべてを承知の上で、敢えて危険な単独行動を選んだ宗像には、自ら危険を回避しようとする、ある種の本能が働いていた。

事実、当初の予定では、ハインツの小隊に同行するのではなく、ハスラムをガイドとして雇うつもりでいたのだが、負傷してキャンプに足止めされるうち、宗像の気が変わった。

『――そこまで信用するには、ハスラムは危険すぎる…』

何の根拠もない、ただの直感だったが、宗像は独りきりの危険よりも、独りきりになれることで得られる安心を選んだのだ。

結果、共同取材者であり、最初に《アイウォッシュ》に関する情報を持ってきたダイアンにだけ話を通して、宗像はキャンプを出た。

つまり、ルート・アルファを辿《たど》る今回の行軍は、宗像にとっては完全な隠密《おんみつ》行動だ。

『何だかんだ言って、自分がハスラムを足止めするダシに使われたと知ったら、悠也のヤツ、怒るだろうな…』

もちろん、悠也のためを思った防護策の意味合いに嘘はないが、その一方で、ハスラムが自分の背後に立つ可能性を、少しでも排除したいと宗像が望んだのも事実だ。

『どうしてこんなにも、ハスラムに対して脅威を感じるんだろうか…?』

繰り返し自問する宗像の脳裏を、ハスラムと、それから悠也の顔が過《よ》ぎっていった。

『悠也…』

再びAK-47に弾を装填《そうてん》した宗像は、自分のシュラフに潜り込んで目を閉じたのだった。


そして翌日、夜明け前に行軍を開始して半日あまり――。

ルート・アルファをとった小隊は、北西の迂回路からイシク川の上流に辿り着いた。

「本当に独りで行くのか？」

更に上流を目指して別れを告げる宗像に、ハインツが最後の確認をする。

もとは縁もゆかりもない者同士でも、命が危険に曝《さら》される戦場を共に駆け抜けると、親兄弟にも劣らぬ連帯感が生まれることがある。

ハインツと宗像は、いわゆる戦友ではないけれど、共に銃弾の雨を掻《か》い潜《くぐ》り、死の淵《ふち》から生還した者同士、理屈では説明できない信頼関係を築くに至《いた》った。

けれど、信じているからこそ、帰路を託して、宗像は再び単独行動を選んだ。

「三十六時間後、間違いなく俺を拾ってくれよ」

そう言って、敬礼の真似事《まねごと》をしてから、宗像は小隊に背を向けて歩きだした。

ここから宗像が目指すのは、イシク川の源流があるシャルワ山脈の山間《やまあい》に位置する小さな村で、《アイウォッシュ》の精製が行われている拠点だ。

宗像は時計を確認した。

回収を約束してもらった下流域まで、簡易ボートで川を下るとしても、最低十二時間は必要となることから、仕事をする宗像に残されたタイムリミットは実質二十四時間。

「よしっ！」

自らに気合いを入れた宗像は、急な岩場が続く川沿いを上流へ急いだ。

やがて、ハードで孤独な行軍を続けること九時間半――。

宗像は遂《つい》にその深い峡谷《きょうこく》に埋《う》もれた目的の地を発見した。

果たして、突き出た崖の上から腹ばいになって、谷底を見下ろした瞬間、宗像の視界を襲ってきた異様な光景。

「…っ！」

まるで渓谷《けいこく》全体に火が放たれ、紅《あか》く燃え上がっているかのように思えた。

改めてカメラの望遠レンズを覗《のぞ》き込《こ》んだ宗像は、その鮮やかに谷を染める色の正体が、毒々しいほどに咲き乱れた紅い花の色だと確認した。

『やっぱり…っ！』

予測していたこととはいえ、瞳に灼《や》きつく鮮烈な紅蓮《ぐれん》の色に、宗像は暫《しば》し無言のまま、ただシャッターを切り続けた。

通常、阿片《アヘン》やモルヒネが抽出されることで知られる、西アジア、東南ヨーロッパを原産とするケシ科の越年草は、毎年五月頃、白、紅、紫など、色とりどりの四弁花を咲かせる。

この芥子《けし》の花に、アメリカの巨大軍事企業として知られるカレル社からの支援を受けた、某インド人生物学者が特殊な遺伝子操作を加えたことで、危険な亜種株が生み出された。

尤も、開発当初、それは戦地から還った多くの兵士たちが抱える問題、ＰＴＳＤの治療を目的としたものだったらしい。

だが、研究は頓挫《とんざ》し、その思わぬ副産物として生まれたものこそ、宗像とダイアンが追っている例の麻薬、《アイウォッシュ》である。

「使用の痕跡《こんせき》が一切残らない、夢の麻薬か…」

呟いて、宗像はシャッターを切る手をとめた。

接種すれば、一瞬にして果たされる感覚の鋭敏化により、人々は異様なまでに高揚《こうよう》し、セックス・ドラッグとして使用すれば、男女を問わず、恐ろしいほど深い快楽が手に入る。

巨大軍事企業カレル社との闇取引により、販売を一手に取り仕切ることとなったロシアン・マフィアが捌く、この驚くべき魔法の一雫《ひとしずく》に、刺激を求めてやまない金持ち連中が殺到したのは言うまでもない。

事実、顧客は主に映画スターや歌手など、芸能人から始まり、瞬《また》く間に暇を持て余した一般のセレブの間にも広まった。

そして今では、社会的地位の高い政財界の要人にまで、その使用が疑われている。

宗像自身、この件に興味を覚えたのも、二年前には次期大統領候補の最右翼と目《もく》されながら、違法薬物の使用やマフィアとの黒い繋《つな》がりが噂《うわさ》されるようになった、例のスローン上院議員が切っ掛けだった。

果たして、ダイアンから《アイウォッシュ》の情報を得て以降、販売ルートを仕切るロシアン・マフィアの線を皮切りに、宗像は足掛け二年に亘《わた》り、カレル社を巡る様々な事実関係を徹底調査してきた。

そんな訳で、タイム誌に掲載されたスローン上院議員発砲事件の写真も、連綿と続けてきた地道な取材の中で、たまたま行き当たった瞬間の産物に過ぎない。

それにしても、間違いなく《アイウォッシュ》の常用者だったスローンは、未だ意識不明の重態と聞くが、警護官に撃たれていなければ、最期は自分の眼球を撃ち抜いて死んでいたことだろう。

そして、一連の事件を巡って、遂には精製の拠点がK共和国にあるところまで調べ上げた宗像は、その背後に存在する恐るべき構図に行き当たった。

そう、信《しん》じ難《がた》く癒着《ゆちゃく》した、醜く巨大な闇の構図に——。

しかし、どんなに確信を得たところで、当然必要となってくるのは、それらを裏づける確かな証拠であり、そのためにこそ、宗像は危険を冒そうとしている。

ただ、こんなにも早く核心に迫れるとは、宗像自身も想像していなかった。

実際、今回のK共和国入りは、あくまでも本格的に取材を始める前の下調べや情報収集、人脈作りが目的だったのだ。

『シリンのおかげだな…』

宗像は改めて紅い谷を見下ろした。

辺境の村から連れてこられ、僅《わず》かな金と引き換えに売られようとしていたシリンを、宗像がハスラムの手から買い戻したのは、まったくの偶然だった。

目の前で殺されそうになっていたならいざ知らず、通常は現地の慣習や諸事情に関与しない宗像が、泣いているシリンを目にした途端、つい心を動かされてしまった。

『あの時も、俺は悠也のことを考えていたのだったな…』

零《こぼ》れ落《お》ちる自嘲《じちょう》の笑み。

多分に馬鹿げた妄想だったが、シリンの涙に、追《お》い縋《すが》る悠也の悲痛な顔が重なって、気がつけば、宗像はハスラムと交渉をはじめていた。

とはいえ、その後、銃撃戦で被弾した宗像は、キャンプでシリンによる手厚い看護を受けられたわけで、やはり、情けは人のためならずというのは真実らしい。

何より宗像は、そのシリンの口から、この紅い谷の存在を知ることとなったのだ。

「――薬を作る朱《あか》い花を植えるために、僕の村は焼き払われたの…」

遺伝子操作された芥子の亜種株までは調べがついていても、シリンがこの谷の出身者でなければ、地図にも載っていない村の存在を探し出すのに、宗像はどれだけの時間を費《つい》やさねばならなかっただろうか。

たぶん、もう二、三度はK共和国への密入国を繰り返さなければ、潜入までには至らなかったに違いない。

『こんな花のために…！』

眼下に広がる紅い花の海を見下ろしながら、宗像は改めて、その表情を険《けわ》しくした。

癒着して私腹を肥《こ》やす巨大な闇の構図と、麻薬に溺《おぼ》れる愚かなセレブ連中のために、幼いシリンが故郷の村を奪われ、食うに困った親兄弟に売られたのかと思うと胸が軋《きし》む。

だが、宗像に出来るのは、こうして動かぬ証拠を集め、闇の真相を暴き出すことだけだ。

『よし、行くぞ…！』

宗像は細心の注意を払って、紅い谷の底を目指した。

行くなと縋りついてきた悠也の涙を振り払ってまで、我を通した己の仕事を、宗像は必ずや遣《や》り遂《と》げなくてはならないのだ。

『悠也…』

頬《ほお》を撫《な》でた風が、一瞬、悠也の絹糸のように柔らかな髪を、宗像の胸に思い起こさせた。

折しも暮れはじめた西の空――。

照りつける朱い夕陽が、宗像が下りていく谷底の紅い花を、更に毒々しい血の色に染め上げていた。

＊　＊　＊

さて、その頃、悠也《ゆうや》はハスラムという護衛兼通訳を引き連れて、反政府ゲリラのキャンプ内を、日がな一日走り回る毎日を送っていた。

幸いにも、ダイアンはあれ以来、前線の取材に出ているらしく、悠也が宗像《むなかた》を巡《めぐ》って、気まずく彼女と顔を合わせる心配もない。

『思ったより、集中できて順調だ……！』

尤《もっと》も、すべてがスムーズに進んでいるのは、甚《はなは》だ癪《しゃく》に障《さわ》ることながら、ハスラムが背後で睨《にら》みを利《き》かせているからに違いない。

だいたい、仮に悠也がゲリラたちの欲望の対象とならなかったとしても、現実問題として、彼らがハスラムという橋渡しなしに、異教徒の外国人と気安く接するはずがないのだ。

「では、家族のいた村は、政府軍に殲滅《せんめつ》されたと――」

誰の話も、胸が苦しくなるほど痛ましいものだったが、実際、語学に堪能《たんのう》なハスラムは、取材する悠也の意図を驚くほど正確に汲《く》み取《と》って、期待する以上の答えをゲリラたちから引き出してくれた。

その結果、僅《わず》か数日の内に、ぎっしりと濃い内容のインタビューが何本も、悠也のパソコンに打ち込まれることとなった。

そうなると、記者として更なる欲が出てくるのは、ごく自然の成り行きであろう。

『もっと深く掘り下げて…あぁ、キャンプの外にも出てみたい…！』

果たして、一週間が過ぎた頃、そんな悠也の心情を見透かしたように、背後でＡＫ-47の手入れをしていたハスラムが口を開いた。

「最前線とまではいかないが、キャンプを出て、二、三日野営をしながら、森林地帯を行ってみるか？　ゲリラたちが仕掛けるブービートラップがどんなものか、実地に教えてやるぞ」

「えっ⁉　本当に…！」

言うまでもなく、瞳を輝かせた悠也だったが、ハスラムに素直な反応はタブーだった。

「そうやって、すぐに人を信用するところは、相変わらずの坊やだな？　そのうちに、手痛いしっぺ返しを食うぞ」

「お、大きなお世話だ…！　これまで、ちゃんと無事だっただろ…！」

「ちゃんと無事？　まったく、これだから坊やは困るんだ」

肩を竦《すく》めたハスラムが立ち上がり、淹《い》れてもらったお茶を片手に、パソコンに向かっていた悠也の顎先《あごさき》を捉《とら》えた。

「お前の危機意識を呼び覚ましてやるためにも、最初に追剝《おいは》ぎ男を撃ち殺した谷底で、死体と並べて犯してやればよかったな？　そうすれば、お前も少しは懲《こ》りて、大人の男らしくなっていただろう。何だったら、今からでも遅くはない。ここで犯してやろうか？」

「なっ、なんだと…っ！」

カッとなった悠也は、顎先に掛かったハスラムの指を振り払おうと、手にしていたお茶のカップを反射的に投げ付けた。

「男に物を投げ付けるなんて、まるでヒステリー女だな？」

「くっ……！」

カップを避《よ》けようともせず、半分ほど残っていたお茶を肩口から浴びたハスラムに言われて、悠也は言葉に詰まった。

思えば、以前、消毒薬の壜《びん》を投げ付けた現場も見られているだけに、反論のしようがない。

とはいえ、曲がりなりにも七つも歳下の男から、女子供のように扱われて、ただ黙っているわけにもいかないだろう。

悠也にだって、傷つけられたくない男の矜持《きょうじ》というものがあるのだ。

尤も、実力が伴《ともな》っていないだけに、悠也にできることといえば、ハスラムが言ったことに対して、上げ足を取るくらいのものだった。

「俺をヒステリー女と呼ぶなんて、お前、ずいぶんと女に詳しいみたいだな！」

だが、いくら悔《くや》しくても、自分より上手《うわて》の相手に無闇と言い返せば、逆襲されるのは自明の理だった。

「まぁ、詳しくないまでも、妻なら三人いるからな」

「さっ、三人…っ⁉」

さらりと言ってのけたハスラムに、悠也が目を剥《む》いたのは言うまでもない。

一夫多妻制が許されているとはいえ、貧乏人は一生涯、女に触《ふ》れることもできない土地柄《がら》にあって、二十五歳にして妻が三人もいるとは、いよいよハスラムは得体の知れない男だ。

『よっぽどやり手の商人なのか…それとも、こう見えて、どっかの富豪の道楽息子とか…?』

訝《いぶか》る悠也に、ハスラムが不敵な笑みを浮かべて言った。

「何だったら、お前を四人目にしてやってもいいぞ?」

「なっ…！」

「但《ただ》し、俺の妻なら、カップを投げ付けた時点で、裸に剥いて鞭打《むちう》ちだがな」

「…っ！」

まったくの太刀打《たちう》ち不能。

この傲慢《ごうまん》でふてぶてしい態度ときたら、まるで宗像と良い勝負ではないだろうか。

『いや、宗像はもっと――』

けれど、身勝手な俺様男のことが頭を過《よ》ぎった途端、悠也の躯《からだ》を駆け抜けていったのは、恥ずかしいほど正直な宗像に対する飢《う》えだった。

『う、嘘だ…！　何で、こんな…！』

何の前触れもなく、唐突に溢《あふ》れてきた欲情に、悠也は焦《あせ》った。

それなのに、頭を切り替えようと思えば思うほど、躯が熱く火照《ほて》り出《だ》す。

『宗像…！』

耳たぶを掠《かす》める荒い吐息。貪《むさぼ》る唇《くちびる》。密着させた素肌《すはだ》の熱。

意地悪く揉《も》みしだき、扱《しご》き立《た》てる意地悪な指に翻弄《ほんろう》されて、悠也は何度、欲情の証をはしたなく迸《ほとばし》らせたことだろうか。

『あぁ…っ！』

嫌がる内襞《うちひだ》を蹂躙《じゅうりん》し、やがて荒々しい抽挿《ちゅうそう》で爛《ただ》れた悦《よろこ》びへと駆り立てていく、あの熱く狂暴な肉の楔《くさび》が恋しくて堪《たま》らない。

その圧倒的な昂《たか》ぶりが、容赦《ようしゃ》なく押し入ってくる瞬間の、気絶しそうに鮮烈な悦び――。

そして、いつもは不遜《ふそん》で身勝手な男が、その時だけは優しく、熱を帯びて掠れた声音で悠也の名前を呼ぶのだ。

「――悠也…」

不意に、宗像の声がリアルに耳元に蘇ってきて、悠也は身を震わせた。

『抱く相手は、俺だけじゃないくせに…！』

なるべく考えまいとしても、知ってしまったダイアンの存在が胸に重く伸し掛かる。

宗像が自分を呼ぶのと同じ、あの甘く切ない声音で彼女の名前を呼ぶのかと思うと、胸が張り裂けてしまいそうだ。

『あんな酷《ひど》い男…！』

そう思うのに、耳元には何度となく、幻聴のように宗像の声色が響いて、悠也は抑《おさ》えようもなく欲情した。

『あ…く、ぅ…っ！』

制御できない感覚に、激しく違和感を覚える。

実際、ここにハスラムの目さえなかったら、悠也はすぐにでも自分自身を慰《なぐさ》めたい衝動に駆られていた。

襲ってくる浅ましく貪欲な劣情《れつじょう》に、まるで高校生の頃にタイムスリップしたような気がした。

そう、宗像と知り合ったばかりの頃、悠也はどれほど、あの魅惑的な野生の獣のような男に欲情して、夜毎《よごと》、指を濡らしたか知れない。

「出て行って…くれ、ないか…ハスラム…」

堪えきれずに、震える声を絞《しぼ》り出《だ》した悠也に、しかし、この淫《みだ》らな回想の切っ掛けを作った男は、まるで悪怯《わるび》れた様子もなく涼しい顔だ。

「明日は夜明けと共に出発するからな」

「わ、わかった…」

「寝坊するなよ?」

「…っ！」

女扱いの次は、またも子供扱い。

腹を立てながらも、宗像への劣情に懊悩《おうのう》する悠也は、無駄に言い返すのを諦めた。

だが、自分から望んだようでいて、その実、ハスラムの口車に巧《うま》く乗せられてキャンプを出ようとしている悠也は、やはり、危機意識に欠けた子供でしかなかったのだった。

そして迎えた翌朝――。

明け方の冷えた空気の中、装備一式を背負《せお》った悠也を、ハスラムと、その部下だという二人の男たちが迎えに来た。

「一応、この辺りはゲリラたちの制圧地域だが、キャンプを離れれば何があるかわからない。敵に急襲された時、俺一人では坊やを担《かつ》いで戦えないからな」

見慣《みな》れぬ顔ぶれに、一瞬、不審の色を浮かべた悠也だったが、ハスラムの説明は尤もなもので、増やしてもらった護衛に文句が言えた筋合いではなかった。

そもそも、商人の一団と呼ぶには、あまりにも胡散臭《うさんくさ》く荒くれた風貌の男たち、十数人を引き連れて、ハスラムは反政府ゲリラのキャンプの一角に、自《みずか》らのテントを張っている。

たぶん、武器や食料、医薬品といった物資の調達を請《う》け負《お》っている関係なのだろうが、その待遇は、明らかに別格扱いだ。

本来はキャンプの所有者であり、商売の上では客の立場にもあるはずのゲリラの幹部連中さえも、ハスラムに対しては恭《うやうや》しく接し、最も安全で水場にも近い一等地を、彼のテントのために提供している。

何も知らない者が見れば、屈強な部下を幾人も従えて大きなテントに陣取るハスラムこそ、ゲリラの首領だと思うに違いない。

そして、時に移動手段として馬を使う前時代的なイメージの一方で、ハスラムは多機能携帯や衛星電話を持ち、パソコンを自在に使いこなす。

たとえば、K共和国に密入国を図った一連の行程でも、必要な時、必要な場所に、ハスラムの部下たちは現われて、馬やジープ、食料などを的確に揃えていた。

時間や物事にルーズなイメージのある場所柄では、驚くべき計画性と統率力である。

『本当に、何者なんだか…？』

悠也は一度だけ、その素性《すじょう》について尋《たず》ねてみたのだが、「宗像から俺に乗り換えるなら、教えてやってもいいぞ」と、ふざけたセリフではぐらかされただけだった。

「では、出発するぞ！」

やがて、ハスラムの一声に、二人の部下たちが歩き出す。

結局、悠也はハスラムの後ろに続き、二人を挟《はさ》む陣形で、部下の男たちが前後に付いた。

生《お》い茂《しげ》った木々の間を縫《ぬ》って、黙々と続く行軍――。

キャンプに到着した日、ジープを降りてから一時間ほど森林地帯を歩いた悠也だが、そんな細《ささ》やかな経験は、何ほどの役にも立たなかった。

『き、きつい…！』

慣れない軍用の重たいブーツを履《は》いて、道なき道を行く大変さ。

しかも、万が一にも仕掛けられたブービートラップのワイヤーに引っ掛からないよう、なるべく高く足を上げ、一歩一歩着実に踏み出さねばならないために、足腰に掛かる負担は、ハイキングやトレッキングの比にならない。

もちろん、疲れたからといって、足を引《ひ》き摺《ず》って歩くなど論外だ。

それなのに、日が高くなる前には、既《すで》に汗だくとなった悠也の歩幅は狭まり、更に靴擦《くつず》れに悩まされるようになっていた。

『うぅ、痛い…』

弱音を吐いて馬鹿にされるものかと歯を食いしばっても、息も乱さず淡々と同じ歩調で前を行くハスラムたちを見れば、軟弱な悠也との差は歴然としていた。

このまま意地を張って無理を続ければ、最悪、森林地帯の只中《ただなか》で、本当に歩けなくなってしまうかもしれない。

「ごめん…！　靴擦れに絆創膏《ばんそうこう》を貼らせてくれ…！」

限界ギリギリになる前に、悠也はハスラムに頼んだ。

一方、悠也の声に振り返ったハスラムは、一瞬、顔を顰《しか》めてから、部下たちに短く、「休憩！」とだけ告げた。

「まるでお姫様の足だな？」

大木の根元に座らせた自分の足からブーツを脱がせ、靴擦れの手当てをしてくれたハスラムの言葉に、悠也は何も言い返せなかった。

虚勢を張ったところで、結局、ここで頼れるのはハスラムだけだ。

「あと半日、歩けるか？」

「少し…ペースを落として、時々、休ませて貰《もら》えれば…」

「そうか、わかった」

やがて休憩を終え、立ち上がったハスラムは、悠也が背負っていた荷物を摑《つか》んだ。

「これで少しは身軽になるだろう」

「あっ！　いいよ、そんな…！」

キャンプを出る時には、然《さ》ほどとも思わなかった十数キロの荷物が、実は数時間前から両肩にずっしりと重く食い込んで、悠也にはかなりの負担となっていた。

靴擦れに悲鳴をあげる足を抱えて、今更、意地を張っても仕方がないが、それでも自分の荷物も持てないようでは、さすがに情けない。

しかし、荷物を取り返そうとした悠也の目論《もくろ》みは、あっさりハスラムに却下されてしまった。

「荷物が嫌なら、お前自身を担いで欲しいか？」

出来ない無理を続ければ、冗談ではなく、必ずそうなるのだという現実。

「すまない……」

ハスラムの好意に甘えることにした悠也は、摑んでいた自分の荷物から手を離した。

「素直なのは良いことだ」

口許《くちもと》に笑みを浮かべるハスラムの後に従って、悠也も再び歩き出した。

幸いなことに、足を手当てして荷物もなくなると、思いの外《ほか》、行軍は楽になった。

その上、ハスラムは悠也の希望を容《い》れて、歩く速度を落とし、随所《ずいしょ》で休憩をとってくれたので、予定より二時間遅れとはいえ、悠也は無事に自分の足で野営地まで辿《たど》り着《つ》くことができた。

その後、夕食に旨《うま》い兎肉《うさぎにく》のシチューを振舞われ、部下の男たちが熾《おこ》してくれた火の前に足を投げ出しながら、今日一日の行程をレポートにしていると、何だかとてもリラックスしてきて、悠也は少しだけ、まるでキャンプに来たみたいだと思った。

そう、後は明日に備《そな》えて、このまま自分のシュラフに潜《もぐ》り込《こ》むだけだ。

ところが――。

「紛争地域の夜営で靴を脱いで寛《くつろ》ぐなんて、やっぱり、どうしようもない素人《しろうと》ね？」

「…っ!?」

声が聞こえてきた瞬間、悠也は大きく目を瞠《みは》ったきり、その場に固まってしまった。

それもそのはず、いったい、どこから湧《わ》いて出たものかと、我が目を疑いたくなるような人物が、焚火《たきび》の向こうに立っていたからである。

「ダ、ダイアン…！　どうして、ここに…⁉」

それは、彼女から宗像との関係を知らされて以来、実に一週間ぶりの再会だった。

とはいえ、前線まで取材に行っていたはずのダイアンが、なぜ、この森林地帯の野営地に忽《こつ》然《ぜん》と姿を現わしたのか、悠也にはまったく理解できなかった。

『まさか、こんな夜の森を独りで…？』

一方、未だ不可解な状況に戸惑う悠也の足元に近づくと、ダイアンは膝《ひざ》を折って、バンデージが巻かれた足の状態を確かめるように、各々《おのおの》の足首を持ち上げた。

「靴擦れですって？」

「え…？　あぁ…でも、ちゃんと明日も歩けるよ…」

だが、気圧《けお》されつつも答えた悠也に、ダイアンが皮肉な笑みを浮かべた。

「もう歩かなくていいから大丈夫よ」

「えっ？」

何かの聞き違いかと、悠也は僅かに身を乗り出そうとした。

と、その瞬間、黒い魔の手が悠也の背後から襲い掛かってきた。

「ふっ…！　ん…ぐぅ、っ…⁉」

強引に口と鼻を覆《おお》って宛《あて》がわれた、ツンと特異な臭《にお》いがする布に、あっと言う間もなく、目の前にいるダイアンの姿が霞《かす》んでいく。

「…んっ、あぁ…」

「本当におめでたい坊やだな」

いくらも暴れないうちに意識を失った悠也に、クロロホルムをたっぷり含ませた布を手にしたハスラムが喉《のど》の奥で低く笑った。

「こ、殺さないでよ…！」

危険な男の腕の中で、無防備にも正体を失くした悠也を見下ろして、青褪《あおざ》めたダイアンが吐き捨てるような口調で言った。

「殺す？　こんな可愛《かわい》いオモチャ、殺すより、もっと悦《たの》しいことがあるだろう」

「ハスラム…！」

「格好を付けたところで、結局、お前の望みもそうなのだろう？　お前は大事な宗像を奪う、憎い恋敵を滅茶苦茶に叩《たた》き潰《つぶ》して、二度と顔向けできないほど辱《はずかし》めてやりたいのだ。だいたい、そうでなければ、最初から俺の計画に乗ったりはしなかっただろうしな」

蛇《へび》のような目で、醜悪《しゅうあく》な願望を鋭く見抜くハスラムの言葉に、ダイアンは一瞬、鼻白《はなじろ》んだが、すぐに開き直りを露《あらわ》にした。

「そっ、そうよ…！　こんな役立たずの躯だけの坊や、死ぬほど酷い目に遭って後悔すればいいんだわ…！　宗像が生きる世界に、コイツがいる場所なんてないんだから…！」

醜《みにく》く腹の底に溜《た》め込《こ》んできた本音を吐き出したダイアンは、自ら率先して、気を失った悠也

の手足を縛り、シートに簀巻《すま》きにするハスラムを手伝った。

こうして、キャンプを出て僅か一日足らずの内に、悠也は正真正銘の虜囚《りょしゅう》と化してしまったのだった。

＊　＊　＊

前を歩いていく宗像剛《むなかたごう》の、真っすぐ伸びた背筋の強靭《きょうじん》さ——。

学生服を着た男の姿が、こんなにもストイックで、そのくせ堪《たま》らなく官能的な誘惑に満ちていることを、十七歳の悠也《ゆうや》は初めて知った。

『あぁ…』

微《かす》かに弛《ゆる》んだ口許《くちもと》から、密《ひそ》やかな吐息となって漏《も》れ出《だ》す感嘆と憧憬《しょうけい》の思い。

そう、あの頃、悠也は宗像の後ろ姿を眺《なが》めているのが好きだった。

『宗像…』

広い肩幅から腰にかけて、キュッと引《ひ》き絞《しぼ》られた見事な逆三角形のライン。

逞《たくま》しい隆起を見せる二の腕。

どんなに乞《こ》い願っても、悠也には決して手に入らない、均整の取れた長身を包み込むしなやかで美しい筋肉の鎧《よろい》。

宗像のすべてが、嫉《ねた》ましいほどに魅力的で、悠也は心奪われずにはいられなかった。

しかし、自分の背後に立つ悠也の頭の中で、身に纏《まと》った学生服やシャツが剥《は》ぎ取《と》られ、その褐色《かっしょく》の素肌《すはだ》が蹂躙《じゅうりん》されていたことなど、宗像本人は思いもしなかったことだろう。

『あぁ、堪らなく欲しい…』

切ないまでの渇望《かつぼう》に、熱く滾《たぎ》る思い――。

『あ、くぅ…ん…っ』

不意に押し寄せてきた欲情の強い波に、悠也は激しく惑乱《わくらん》した。

『やっ…ぁ、あぁん…っ！』

悩ましく身を捩《よじ》りながらも、たぶん、自分は今、夢を見ているのだと悠也は思った。

これまでにも何度となく、浅い眠りの狭間《はざま》に訪れては消えていった、あの遠い日の出来事。

赤い夕陽に照らし出された放課後の部室が、悠也を淫《みだ》らに呼んでいるのだ。

『――いっ、いやだ…！　やめろ…！』

古い木製の作業台に転がされた軀《からだ》から、いとも簡単に剥ぎ取られていく学生服。

闇雲に暴れようとする腰からベルトが引き抜かれ、襟首《えりくび》に掛けられた強く長い指が、シャツのボタンを弾き飛ばす。

露《あらわ》になった胸元へ、当然のように降りてきた宗像の唇《くちびる》に、悠也は大きく仰《の》け反《ぞ》った。

数えきれないほどの夜を、宗像の褐色の肌と逞しくしなやかな筋肉に欲情して、浅ましくシーツを濡《ぬ》らしながら過ごしてきたことに対する罰が、今、下されようとしている。

自分と同じ男に、許されざる禁忌《きんき》の欲望を抱いたことへの、酷《ひど》く淫らな串刺《くしざ》し刑――。

だが、夢の中で犯される悠也の軀は、いつの間にか現在の自分と混ざり合い、とてつもなく淫猥《いんわい》な様相へと駆り立てられていく。

『いやっ…違う…こんなの…っ！』

鮮烈でありながら懐《なつ》かしく、切ない過去の想い出は掻《か》き消《け》され、悠也はただ、爛《ただ》れた欲望に塗《まみ》れた厭《いや》らしい肉の塊《かたまり》になっていく。

『いやだ…っ！　いやっ…いやぁ――っ…！』

どこかで身に覚えのある違和感だった。

けれど、それを確かめようとする思考を、浅ましく溢《あふ》れ出《だ》す欲情の滴《したた》りが阻《はば》んで許さない。

ヌルリと蕾《つぼみ》の奥まで捩《ね》じ込《こ》まれていく長い指の感触。

開かれた内襞《うちひだ》が異様なまでに鋭敏に反応して、まるで別の生き物みたいにヒクヒクと蠢《うごめ》く。

『あっ、あっ…あぁあっ…っ！』

信じられないほどの快感だった。

しかし、それは軀に馴染《なじ》んだ宗像の愛撫《あいぶ》ではなかった。

『そっ、そんな…!?』

ハッと我に返る一瞬――。

「――うっ、わぁあぁあぁあっ…！」

腹の底から叫んだ刹那《せつな》、悠也はこれが夢ではなく、現実なのだと思い知った。

時間の感覚は失われ、記憶は奇妙に抜け落ちていたが、今、悠也の軀を淫らに組み敷いているのは、確かにあのハスラムではないか。

「なっ、何をしている…っ‼」

「やっと意識がはっきりしたようだな？」

悠也を見下ろす、嘲《あざけ》りに満ちて好色な眼差《まなざ》し。

「だが、ずいぶん悦《よ》い夢を見ていたらしい。厭《いや》らしいお前の花芯は蜜塗《みつまみ》れで、いくら飛沫《しぶ》いても飛沫き足りないようだぞ？」

「…っ！」

瞬間、根元まで蕾に埋《う》め込《こ》まれていた指が引き抜かれ、悠也は腰を跳ね上げて新たな蜜を溢れさせた。

「あっ、あっ、あっ…！」

「厭らしいヤツめ」

自分では制御できない衝動。

鋭い悦楽の余韻が、ゾワゾワと悠也の背筋を駆け上っていくようだった。

「そら、よく見てみろ。惚《ほ》れ惚《ぼ》れするほどの浅ましさだ」

「ああ…っ！」

腕を摑《つか》まれ、無理やり引き起こされた軀を、まるで幼児が大人の手を借りて用を足すときのように、大きく下肢《かし》を開いた格好で、胡坐《あぐら》を掻《か》いたハスラムの腕に抱えられる。

視線の先には、一面が鏡張りになっている壁があって、ハスラムの手によって、股関節《こかんせつ》が外《はず》れそうなほど大きく開脚させられた悠也自身の姿が映し出されていた。

「いやだ…！　違う、こんなの…っ！」

曝《さら》されているのは、見るに堪《た》えない痴態《ちたい》。

淫らに勃《た》ち上《あ》がった花芯が浅ましくヒクつきながら、先端の小さな孔《あな》からトプトプと厭らしく蜜を溢れさせている。

「淫乱な坊やだ。擦《こす》ってくれれば、誰でもいいのか？」

「あ、ひぃん…っ！」

クチュクチュと粘着質な音を立てて、巧《たく》みに施《ほどこ》される手淫に、悠也は堪らず腰をうねらせた。

「やっ、あっ、あっ…！」

拒絶する思いとは裏腹に、鏡の中に映し出された悠也は、揉《も》みしだかれた昂《たか》ぶりから際限もなく蜜を溢れさせ、嬲《なぶ》るハスラムの指を白く濡らしている。

「いやだ、やめろ…！　いやぁ…っ！」

それがハスラムに対する制止の叫びなのか、それとも、自《みず》ら扇情的《せんじょうてき》に腰を振りだした、鏡の中の許《ゆる》し難《がた》く醜悪《しゅうあく》な自分自身に対するものなのか、忘我《ぼうが》の際に達しようとする悠也には、既《すで》に判然としなくなっていた。

そう、指で花芯を擦られるだけでは、どれだけ蜜を吐き出そうとも、この爛れた飢《う》えは決して満たされることはない。

『あぁ、挿《い》…れ、て…っ！　早…くぅ…っ！』

悩ましく身悶《みもだ》えながら、今にも唇を衝《つ》いて出そうになる、さもしい劣情《れつじょう》に屈《くっ》した懇願の叫びを、悠也は必死に歯を食いしばって堪えた。

だが、剝《む》き出《だ》しになった神経を灼《や》かれるような渇望に、限界はすぐに訪れた。

「――もっ、もぉ…っ…！」

直接的な言葉でねだるのだけは抑《おさ》えたものの、恥知らずなほど腰をくねらせて欲望を訴える悠也に、ハスラムが下卑《げび》て淫靡《いんび》な笑みを漏《も》らした。

「やはり、茶に混ぜるより、《アイウォッシュ》は粘膜《ねんまく》からの直接摂取の方が効くと見える」

「っ、く…ぁあ…っ？」

笑みを含んで低く響いたハスラムの言葉の意味が、襲ってくる欲情に激しく嗚咽《おえつ》する悠也には、まったく理解できなかった。

しかし、実際にはハスラムの言うとおり、悠也は既に一度、《アイウォッシュ》を経験していた。

キャンプを出る前夜、宗像を思い浮かべた途端、悠也がテントの中で驚くほど唐突で生々しい欲情に駆られたのは、ハスラムが飲み物に《アイウォッシュ》の滴《しずく》を滴らせた故《ゆえ》だった。

そして、今またハスラムは、攫《さら》ってきた悠也の意識が朦朧《もうろう》としているうちに、《アイウォッシュ》をその両眼に投与したのだった。

「では、お前の望みどおり、たっぷり可愛《かわい》がってやる！」

前に突き飛ばす形で、四《よ》つん這《ば》いに転がされた悠也は、腰を摑まれ、露になった双丘《そうきゅう》の狭間を一気に串刺しにされた。

「グッ、ぁあぁあぁ――――っ……！」

瞬間、獣じみた悦楽の咆哮が、悠也の唇から迸《ほとばし》った。

恥辱《ちじょく》に塗れ、屈辱に咽《むせ》び泣《な》きながらも、恐いほど鋭敏に研《と》ぎ澄《す》まされていく快感中枢《ちゅうすう》。

「あぁっ、あぁっ、あぁ――――っ……！」

残酷に穿《うが》たれる度《たび》に、悠也は狂ったように身悶え、喉《のど》が嗄《か》れるまで叫び続けたのだった。

それから、どのくらい時間が経《た》ったのか――――。

野営地で焚火《たきび》の前にいたのを最後に、悠也からは完全に時間の感覚が失われてしまった。

そして、もちろん、攫《さら》われた悠也には、自分がいる場所さえわからない。

今はただ、毛皮が敷き詰められた寝台に、壊《こわ》れた人形のように転がったまま、自虐的《じぎゃくてき》な回想に耽《ふけ》けるばかりだ。

『出したり、挿《い》れたり、出したり、挿れたり…』

酷使《こくし》に堪《た》えきれず、今は痺《しび》れて感覚さえ失われた場所に、激しく繰り返された凌辱《りょうじょく》。

猛《たけ》り勃《た》つハスラムの肉棒が、荒々しくそこを出入りした感覚を、悠也は何度となく思い返して打《う》ち拉《ひし》がれた。

宗像しか知らなかった軀に、深々と、数えきれないほど打ち込まれたハスラムの所有の楔《くさび》。

けれど、何より悠也の心を打ちのめしているのは、ハスラムに蹂躙されたことではなく、宗像ではない男を受け入れて、それでも狂喜してしまった自分自身の現実だった。

『恥知らずな淫乱…！』

出来うる限り正確に、そして生々しく、悠也は執拗《しつよう》にハスラムとの行為を頭の中で再生する。

犯される悦びに身悶え、与えられる快感に咽び泣き、感極まって、はしたないほど淫らに上げた嬌声《きょうせい》の数々。

いくら催淫作用の強い《アイウォッシュ》を盛られたとはいえ、それだけでは言《い》い逃《のが》れできないほど、悠也はハスラムとの行為に溺《おぼ》れた。

『結局、突っ込んでくれれば誰でもいい、ただの肉の塊だ…！』

自尊心の欠片《かけら》もない、マゾヒスティックな負《ふ》の感情が渦巻《うずま》いてとまらない。

ハスラムを受け入れてしまった自分自身の躯が、悠也には堪え難いほど汚らわしく思えた。

『ずっと…宗像だけだったのに…！』

淫らに犯された躯を、悠也は胎児のように小さく丸めた。

何の約束もないままに、それでも宗像だけを貞淑《ていしゅく》に愛し続けてきた十五年の歳月が、一夜にして意味を失ってしまった。

もし、本当に悠也が宗像を愛しているなら、舌を噛《か》み切《き》ってでも、ハスラムを拒むべきだったのだ。

『それなのに、俺は…！』

しかし、そうまでして悠也が宗像のために貞操を守る意味や価値など、最初からなかったのかもしれない。

『だって、宗像には…ダイアンもいるんだから…！』

たぶん、自分に対しても、宗像は多少の執着心や独占欲を持ち合わせている。

だが、結局はそれだけに過ぎない。

仮に、悠也が宗像への愛に殉《じゅん》じたところで、所詮《しょせん》は自分だけの独《ひと》り善《よ》がりに終わるのだ。

『無償《むしょう》の愛なんて、嘘っぱちだ…！』

愛するのは、同じだけ愛して欲しいからだと、本音では宗像に見返りを求めてやまない自分の心が、悠也には堪らなくさもしく思えた。

『あぁ…！』

打ち拉がれて軋《きし》む思いが、それでも宗像を求めている。

けれど、こうなった今となっては、もう二度と宗像と会うことは適《かな》わないのかもしれない。

なぜなら、淫らに犯され、衣服を剝ぎ取られたままの悠也の首には、犬のように首輪が塡《は》められ、長く伸びた鋼鉄製の鎖で、逃げられないように壁の突起に繫《つな》がれているのだ。

『まるでセレブのペット犬だ…！』

壁面の鏡に映った自分の姿に、悠也は唇を嚙み締めた。

そう、虜囚《りょしゅう》や奴隷《どれい》というよりは、自慢げに飾り立てられたペットの犬。

金色の首輪を彩《いろど》る豪華なクリスタルの装飾が、いかにもハスラムの所有物となった証のように、キラキラと悠也の喉元で輝いている。

人として、せめてもの尊厳を保とうと、裸体に毛皮の敷物を纏《まと》ったところで、ますます惨《みじ》めで厭らしい男娼《だんしょう》のようにしか見えない。

『もう、二度と…本当に宗像とは、会えないのか…！』

両手で首輪を摑んで、悠也は絶望感に項垂《うなだ》れた。

と、その時、耳慣れた女の声が、悠也の鼓膜《こまく》を震わせた。

「――ずいぶんとお悦《たの》しみだったみたいね？」

ハッとして顔を上げると、タブレット型端末を手にしたダイアンが、自分と同じ壁面の鏡に映っていた。

「ダイアン…！」

一瞬、救いの光を見たように思った悠也だったが、彼女が味方であるはずがなかった。

「それで、どう？　掠奪《りゃくだつ》されて凌辱されたお姫様の気分は？」

「…っ！」

蔑《さげす》みを込めて鼻で笑うダイアンは、しかし、ここがまだK共和国内であり、ハスラムが妻以外の女たち、つまり、いずれ商品となる女たちや、一部の見目麗《みめうるわ》しい少年たちを住まわせている館の一つだと教えてくれた。

「だけど、あなたの場合、頑張れば四人目の妻にして貰《もら》えるかもよ？　まぁ、歳を取って容《よう》色《しょく》が衰《おとろ》えれば、子供を産まないあなたは、お払い箱でしょうけどね」

そう言って、皮肉っぽく肩を竦《すく》めるダイアンが、自分の存在を快《こころよ》く思っていないことは、悠也にも容易に想像がついた。

とはいえ、宗像とも何度も仕事をしてきた、本来は勇気あるジャーナリストであるはずの彼女が、許し難い人身売買にまで関わるハスラムのような男に加担《かたん》して、拉致《らち》や監禁の片棒を担《かつ》ぐほど、自分を憎む理由がわからない。

「ダイアン、どうしてこんな事をしたんだ！」

けれど、問《と》い質《ただ》した悠也の言葉は、ダイアンの逆鱗《げきりん》に触れた。

「どうしてですって？　私はあなたの、そういう無神経で、何もわかっていないところが許せないのよ……！」

「あっ……！」

怒りを露にしたダイアンが首輪の鎖を強く引いて、悠也は身に纏った毛皮ごと、寝台から勢いよく床に転げ落ちた。

「いいこと？　私はもう十年も剛《ごう》と一緒に仕事をしているの！　役立たずのあなたと違って、世界中、どんな危険なところへだって、足手纏いにならずに一緒に行けるわ！　いいえ、それどころか、完璧なバックアップをして上げられるの！」

「あっ、くぅ……！」

激昂するダイアンの力で、引かれた首輪が喉に食い込む。

苦悶《くもん》の表情を浮かべる悠也に、彼女は更に激しく言《い》い募《つの》った。

「それに比べて、あなたは何？　ガイド一人まともに雇《やと》えない、バカな世間知らずじゃないの！　馬にも乗れない！　銃も撃てない！　半日行軍しただけで靴擦《くつず》れですって？　自分の身も守れないような役立たず、最初の追剝《おいは》ぎ男に殺されてしまえばよかったのよ……！」

あの時、助けたのが間違いだったと、彼女は心底嫌悪感を込めて身震いした。

「だいたい、コロンビア大学に留学してまで、ジャーナリズムを専攻した挙《あ》げ句《く》が、日本の片《かた》田舎《いなか》の支局に十年も居座ってるだけだなんて、笑えもしないわ！　世間知らずの役立たずくせに…！　そんな仕事もロクに出来ないようなヤツ、剛には相応《ふさわ》しくない…！　剛に必要なのは、あなたじゃなくて、この私よ…！　それなのに…っ！」

怒りと興奮に戦慄《わなな》く唇。

大きく肩を上下させて言葉を詰まらせたダイアンの瞳に、悔し涙が滲《にじ》んだ。

「――それなのに、どうして剛は、あなたを選ぶのよ…！」

「ダイアン…」

その火を噴くような激しさに圧倒されながらも、しかし、悠也には信じられなかった。

なぜなら、宗像は悠也を選んだりしていない。

泣きながら追い縋《おすが》っても振り払われ、望むことは何一つ叶えられず、安心も約束も与えられないままに、ただ躯だけを繋いでは出て行かれるだけの関係――。

けれど、異を唱えた悠也に、ダイアンは苛立《いらだ》ちを露にした。

「だから、あなたは何もわかっていないと言うのよ…！」

尤《もっと》も、それに対する反論なら、悠也にだって腐《くさ》るほどある。

「いや、わかってないのは、ダイアンの方だ…！」

「何ですって…！」

逆襲に出た悠也に、ダイアンの眦《まなじり》がきつく上がった。

それでも、仕事が第一の宗像にとって、重要なベースキャンプとなるニューヨークのアパートに住んでいるのは、悠也ではなくダイアンの方だ。

何ヵ月もの音信不通の末、気紛《きまぐ》れに訪れては悠也を犯し、疲れた羽を休めるだけの田舎家とは、まるで意味合いが違うのだ。

ところが――――。

「剛のベースキャンプは、あなたの家の方でしょう…！　どうして、そんな簡単な事もわからないのよ…！」

「そっ、そんな…⁉」

あまりにも予想外のことに、悠也は榛色《はしばみいろ》の瞳を瞠《みは》った。

「本当に腹の立つ男ね…！」

ダイアンの説明によると、ちょうどニューヨークで手頃なアパートを捜していた六年前、宗像が彼女に自室のシェアを提案してきたのだという。

宗像に魅かれていたダイアンは、当然、同棲《どうせい》の申し出だと受け取った。

そもそも、お互いに特殊な仕事柄、年がら年中一緒に暮らせるわけではないから、物価の高いニューヨークで部屋を二つ持つより、一室をシェアする方が合理的だったのだ。

「でも、違ったのよ…！」

ダイアンは悔しげに唇を噛み締めた。

「剛が必要としていたのは、本当に部屋をシェアするだけの相手で、ある程度の信用が置ければ、それは誰でもよかったのよ…！　その理由がわかる？」

「えっ？　そ、それは…」

「あなたよ、悠也！　剛は六年かけて、大事なベースキャンプをニューヨークから、あなたの住む田舎町に移していったのよ…！　信じられる？　東京ならまだしも、名前もロクに聞いたことがない日本の地方都市に、マグナムXが、いったい、何の用があるって言うのよ…！」

今となっては、父親の遺品や当座は必要のない昔の資料、古い私物ばかりが残っているというアパートの書斎。

「あなたにわかる？　少しずつジワジワと、六年かけて、もしかしたらと抱いてきた希望を奪われていく惨《みじ》めな気持ちが…！　私は来年、四十になるっていうのに…！」

「…っ！」

ひどく実感の湧《わ》かない話だったが、歳を取って捨てられる女の気持ちは、先のない宗像との関係に、内心では怯《おび》えていた悠也にも理解できる。

だが、あの老朽化《ろうきゅうか》した祖父母の家が、宗像のベースキャンプだとは、到底信じられない。

庭の離れには、確かに長年の間に増え続けていった宗像の荷物があるにはあるが、今の今まで、悠也はそこを物置だと信じて疑わなかったのだ。

「あれは…とてもベースキャンプなんてものじゃ——」

果たして、悠也の意見に同調する者が現われた。

凌辱を終えて出て行ったはずの、あのハスラムであった。

「確かに家捜ししても、ニューヨークのアパート同様、お前の祖父母の家には、肝心《かんじん》なものは何もなかったそうだからな」

「ハスラム…！　まさか、俺の家を家捜ししたのか…!?　肝心なものって、いったい…！」

「もちろん、《アイウォッシュ》を巡《めぐ》る、誰も知る必要のないデータのことだ」

「…っ!?」

どうやら宗像が取材で手に入れた様々な証拠が、誰かにとって、公表されては猛烈にマズイ代物《しろもの》であるらしい。

しかし、ニューヨークのアパートはともかくとして、日本の片田舎にある悠也の自宅まで家捜しをさせたとは、いったい、どれほどの巨悪を宗像は暴こうとしているのだろうか。

俄《にわ》かには信じ難いものの、それだけの事を遣《や》って退《の》けるからには、辺境のハスラムだけではない、もっと強大な力を持つ者たちの関与があるに違いない。

『なんて事だろう…！』

とはいえ、それほどの大事と、拉致凌辱された今の悠也との間に、必然的な関連性を見出《みいだ》すことは出来そうもない。

では、単に嫉妬に駆られたダイアンの腹いせと、ハスラムの興味本位から派生した、これは不幸な出来事に過ぎないのか――。

「そんなはずはあるまい？」

訝《いぶか》る悠也に、ハスラムが皮肉な笑みを浮かべて言った。

「お前は本当に自分の価値がわかっていない」

「そうよ！　あなたは剛からデータを取り戻すための、大事な人質なの！」

「まっ、まさか……！　宗像は俺のために、仕事で得たデータを渡したりしないぞ、絶対に……！」

「さぁ、それはどうかしら？　これを見たら、剛の気も変わるんじゃない？」

そう言って、ダイアンは手にしていたタブレット型端末を差し出した。

「こっ、これは……!?」

「ね？　このままネットに流したくなるほど、いい動画でしょ？」

瞬時に失われた悠也の血の気。

そこに映し出されていたのは、ハスラムに犯され、狂ったように悦《よ》がっている悠也自身の、見るも悍《おぞ》ましい痴態のすべてだった。

「この素敵に淫らなあなたの姿を見たら、剛はなんて言うかしらね？」

「お、送ったのか……？　これを、宗像に……！」

「ええ、もちろんよ。データを渡さなければ、今度は細い首を切り落とされる、血塗れのスナッフムービーを見ることになるって、テキストを添えてね」

悠也は愕然《がくぜん》とした。

殺されるかもしれない恐怖よりも、浅ましく曝した欲情の姿を、余すところなく宗像に見られるショックの方が、遥かに大きく上回っている。

『もう…！　お仕舞いだ…！』

悠也は床に頽《くずお》れた。

それにしても、仕事中は無闇に連絡を取りたくないからと、悠也には決して知らされることがなかったメールアドレスを、一緒に仕事をしてきたダイアンは知っている。

たぶん、携帯電話のナンバーも知っているであろう彼女が、辛《から》うじて、留学時代に滞在していたニューヨークのアパートの住所と電話番号を知るだけの悠也に、本当に嫉妬や憎しみを覚える必要があるのだろうか。

『俺なんて…所詮《しょせん》、その程度の存在でしかないのに…』

改めて胸に込み上げてくる虚《むな》しさと切なさ。

今更、ハスラムとの爛れた情事を見られたからといって、何ほどのことがあるだろうか。

『こんなに好きなのは…どうせ、俺の方だけなんだから…！』

あまりにも惨め過ぎて、泣くよりも笑ってしまいそうだった。

そして、実際、肩を震わせて笑い出した悠也に、怒ったダイアンが平手打ちを食らわせた。

「何がおかしいのよ…！　この程度の事じゃ、剛の愛は失われないとでも言うつもり…！」

「ち、違う…っ！」

「バカにして…！　あなたなんか、ちょっと顔がキレイなだけの坊やじゃないの…！」

ヒステリックに叫びながら、次々と繰り出されてくる平手打ち。

しかし、切れたダイアンの振る舞いは、ハスラムの手によって阻《はば》まれた。

「取引が終わるまでは大事な人質だ。それ以上は許さん」

「くっ…！」

振り上げた手首を掴まれ、悔しげに顔を歪ませたダイアンは、やがて堪えきれなくなったのか、ハスラムの手を振り払うと、そのまま部屋から飛び出していった。

「やれやれ、これだから女のヒステリーには付き合いきれん」

ハスラムはそう言って、悠也の首輪についた鎖を引いた。

「おっと、乱暴すぎたかな？」

「うっ、く…っ！」

締まった喉元に息を詰まらせながらも、悠也は自分の顔を覗《のぞ》き込《こ》むハスラムを睨《ね》め付《つ》けた。

「俺をダシに使って、宗像を脅迫したって、どうせ無駄だぞ…！」

「そんな可愛くないことを言う犬には、もう二、三滴《アイウォッシュ》が必要かな？」

「…っ!?」

「まぁ、いいだろう。宗像にとって、お前にどの程度の価値があるかは、直《じき》にわかる。お前が大切なら、宗像は俺の要求を呑むだろうし、そうでなければ――」

一旦、言葉を切ると、ハスラムは酷薄な色を浮かべて唇の端を上げた。

『あぁ…』

悠也の胸を訪れる、深い諦《あきら》めの境地。

自分自身が足手纏いの原因となって、宗像と二人で日本に帰れなくなるのではないかという危惧《きぐ》を抱いたのは、あれはいつの時点のことだっただろうか。

『やっぱり…帰れなくなるのは、俺独りか…』

そう、きっと宗像は、どれだけ悩んだとしても、最終的には、悠也のために巨悪を闇に葬る決断は下さない。

『精液塗れにされたポルノの次は…血塗れのスナッフムービーとはね…』

力なくため息を吐《つ》いて、悠也は鎖を掴むハスラムから目を逸《そ》らした。

一方、そんな悠也を見つめて、ハスラムは改めてサディスティックな笑みを浮かべている。

「それまで、お前は俺の牝犬《めすいぬ》だ！　たっぷり芸を仕込んで、せいぜい可愛がってやるさ！」

再びグッと引かれた鎖に、いとも簡単に奪われてしまう軀の自由。

寝台に座ったハスラムの股間に引き寄せられて、悠也は全身で怖気《おぞけ》立《だ》った。

「さぁ、口を開けてしゃぶれ！　主人に忠実に仕《つか》えるように、一から躾《しつ》けてやる！　役に立つ牝犬になれば、殺されずに済むかもしれないぞ！」

「いっ、いやだ…っ！」

「歯を立てたら、一本残らずペンチで歯を引き抜くから覚悟しろ！　人質は、生きてさえいれば、それでいいのだからな！」

「ん、ぐ…ぁあぁ…っ」

舌と唇、更には喉の奥までも、傍若無人《ぼうじゃくぶじん》に犯すハスラムの肉の剣に、悠也はくぐもった絶望の声を上げた。

『宗像…っ！』

濡れて淫らな醜態を映し出す壁面の鏡。

助けが来ないことは百も承知で、それでも悠也には、宗像しか呼ぶべき名前がなかったのだった。

＊　＊　＊

妖《あや》しい三日月の下に広がる、毒々しいほどに紅《あか》い花びらの絨毯《じゅうたん》――。

いよいよ深い谷間に降り立った宗像《むなかた》は、まず《アイウォッシュ》の原料となる亜種株のサンプルを根元から掘り起こし、それから、精製の拠点となっている工場の建物を目指した。

時折、紅い花畑を行き来する警備の男たちは、マントの下にＡＫ－47を隠し持っており、キャンプにいたゲリラたちとも大差ない風貌と出立《いでた》ちに見える。

『たぶん、政府軍の兵士だな…』

しかし、宗像がこれまでに得た取材結果から導き出した答えが正しいとするなら、この先の建物を護《まも》っているのは、彼ら政府軍の兵士ではなく、間違いなくアメリカの巨大軍事企業、カレル社が擁《よう》するPMC（プライベート・ミリタリー・カンパニー）所属の傭兵《ようへい》たちだ。

『装備も実力も、ゲリラや政府軍兵士たちとは、まるで格が違う連中だ…』

恐ろしく危険なのはわかっていたが、紅い芥子《けし》の花に埋《う》め尽《つ》くされた渓谷《けいこく》を撮るだけでは、どうしても最後の詰めとして不十分だ。

このK共和国と《アイウォッシュ》、そして、アメリカ政府とも契約しているカレル社とを繋《つな》ぐ大詰めの一枚が、ここでは是非《ぜひ》とも必要となるのだ

そして、紅い谷の中にある精製工場を警備する、武装したカレル社の傭兵たちの姿は、条件を満たす絶好の一枚となるだろう。

『チャンスは一度きりだ…！』

既《すで》に下流域での回収時間まで、カウントダウンに入っている宗像にとって、細心の注意を払う慎重さは必要でも、無駄に躊躇《ためら》っている暇はない。

今、求められているのは、誰にも気づかれない侵入と、目的達成後の速《すみ》やかな脱出だ。

『よし！』

チャンバーに弾丸を装填《そうてん》したＡＫ－47のセーフティーを外《はず》して、宗像は行動を開始した。

きっかり二時間に一度、行われる見張りの交替。

身を低くした宗像は、獣道を駆け抜ける忍びさながらに足音も立てず、政府軍兵士たちの監視の目を掻《か》い潜《くぐ》って、精製工場のすぐ近くまで辿《たど》り着《つ》いた。

『やはり、カレル社の傭兵だ…！』

同社のロゴが入った制服と、最新の装備一式に身を固めた彼らの姿を、宗像は夢中でカメラに収めた。

『それにしても、これまでに一度も潜入《せんにゅう》された経験がないようだな』

よく訓練された、一糸《いっし》乱れぬ整然さはあるものの、どこか危機感に欠けて間延びした彼らの様子に、宗像は確信した。

どんなに優秀な兵士たちを集めても、実際に襲われたことがない護りは、思いの外《ほか》、脆《もろ》い側面を持ち合わせているものだ。

果たして十分後、宗像は防犯カメラの死角を縫《ぬ》って、建物の外壁に張り付いた。

あまりにも辺境という土地柄《がら》、通常なら不可欠と思われる、電子制御されたセキュリティーシステムが導入されていないことが、宗像にとっては何より幸いだった。

『今だ…！』

見張りの一瞬の隙《すき》を衝《つ》いて夜陰《やいん》に紛《まぎ》れ、二階部分まで金属製の樋《とい》を伝ってよじ登ると、宗像はアサルトベストのポケットから取り出した吸盤《きゅうばん》を、施錠《せじょう》された窓のガラスに取り付けた。

後は小型のガラスカッターを使って、空《あ》き巣《す》顔負けの手際の良さで工場内に侵入する。

やはり、宗像が最初に想像したとおり、本気で侵入者を想定していない工場内部の護りは、建物の外より格段に警戒レベルが低い。

『どうやら、俺にはツキがあるらしい…！』

薄暗い無人の廊下を走って、一旦、階下へ降りると、今度は一階の天井《てんじょう》パネルを外して、天井裏へと潜《もぐ》り込《こ》む。

そのまま梁伝《はりづた》いに行くと、以前にも嗅《か》いだことのある、独特の臭《にお》いが宗像の鼻を突いた。

『昔、コロンビアの奥地で潜入した、コカインの精製所とそっくりだぜ…』

当たりを付けた場所で、足元の天井パネルをずらしてみると、案の定、そこに広がっていたのは、未成熟な果実の乳液から、《アイウォッシュ》を精製している工場だった。

『これですべてが繋がる…！　カレル社、K共和国、ロシアン・マフィア、そして、スローン上院議員…！』

息を潜《ひそ》めて、宗像はシャッターを切り続けた。

そもそも、カレル社は、湾岸戦争で勇名を馳《は》せたトニー・カレル大佐をCEOに載くセキュリティー・コンサルタント事業の大手で、兵役を終えた優秀な軍人はもちろん、元KGBや元CIAといった特殊な人材を多く雇《やと》い入《い》れ、大企業や政府を主な顧客とする一大軍事企業だ。

現在は、アフガニスタンで展開する対テロ作戦のために、ここK共和国に駐留する米軍の物資運搬や保守点検、または要人の警護など、年間数千万ドル規模の契約を請《う》け負《お》っている。

だが、競争入札で手に入れたはずのこの仕事には、最初から賄賂《わいろ》による不正な受注を疑う黒い噂《うわさ》がついて回っていた。

疑惑の中心となった人物は、入隊中にはカレル大佐の直属の部下でもあった、件《くだん》のスローン上院議員である。

そして、ダイアンからの情報を元に調べていくうち、カレル社がK共和国で栽培、精製している《アイウォッシュ》を、提携《ていけい》するロシアン・マフィアを使って売り捌《うさば》き、巨額の裏金を作り出している事実が判明した。

当然のことながら、秘密の紅い花園と、精製工場の場所を提供してくれるK共和国に対しても、カレル社は相応以上の便宜《べんぎ》を図《はか》っている。

つまり、もともと合衆国政府は、K共和国から駐留軍基地を借り受けるのに、年間二千五百万ドルという巨額の賃料を払っているのだが、その希望金額を議会で通す中心的役割を果たしたのが、またも、あのスローン上院議員だった訳である。

だから、全体の構図としては、カレル社がロシアン・マフィアを介して作った裏金をスローン上院議員に渡し、潤沢《じゅんたく》な政治資金を得たスローンが、カレル社の不正入札を助けると同時に、《アイウォッシュ》の原産国となるK共和国の政府高官が、十分に満足するだけの金額を議会に通すという、実に悍《おぞ》ましくも合理的な循環システムが確立していたことになる。

『いよいよ真実を明らかにすべき時だ…！』

侵入した時以上の緊張感を持って、紅い谷からの脱出を図《はか》る宗像の胸は、熱く滾《たぎ》るような高《こう》揚感《ようかん》に満たされていた。


そして、帰路――。

時間ギリギリで、何とかイシク川下流域の回収ポイントに辿り着いた宗像は、桟橋の爆破準備を終えたハインツたちの小隊と合流後、政府軍の物資運搬船を強奪するゲリラたちを待って、漸《ようや》く、およそ二週間ぶりとなるキャンプへの帰還を果たすことができた。

「悠也《ゆうや》…！」

一緒に帰らなかったばかりか、またも懇願《こんがん》を無視して出かけたことを考えれば、待っている悠也の機嫌が麗《うるわ》しいはずもなかったが、大仕事を終えた宗像の気は急《せ》いて仕方がなかった。

『腰が抜けるまで抱いてやる…！』

だが、甚《はなは》だ不埒《ふらち》で身勝手な宗像を待っていたのは、何日も人がいた気配すらない、空《から》っぽのテントだった。

「ま、まさか、アイツ…！　キャンプを出たのか…!?」

無くなっている悠也の荷物に、宗像は愕然《がくぜん》とした。

恐らく、言って聞かせた通り、テントの中でおとなしくしているのは無理だろうとは思っていたが、キャンプの外へ出るなんて、あまりにも無謀《むぼう》な行動だ。

悠也にそんな危険を冒させるために、宗像はハスラムを護衛につけたわけではないのだ。

そう、ハスラムを護衛に――。

「…っ！」

その途端、宗像はゾッとした。

ずっと心の片隅《かたすみ》にあった、ハスラムに対する漠然《ばくぜん》とした嫌な感じが、一気に吹き出す。

少ない選択肢の中で、それでも悠也のために最善と思って講じた策が、自《みずか》ら最悪の事態を呼び込んでしまったのではないだろうか。

「シリン…！　ダイアン…！」

入り口の幕を撥《は》ね上《あ》げて、宗像は叫んだ。

けれど、駆けつけて来たのはシリンだけで、宗像はいよいよ受《う》け入《い》れ難《がた》い現実を覚悟しなくてはならなかった。

「宗像の悠也は、ハスラムと一緒に出かけたきり、もう一週間以上も帰ってこない――」

シリンの説明に、深まる確信。

それなのに、前線の取材に出たままなのか、キャンプには頼りとするダイアンの姿も見当たらず、更なる情報を得られない宗像は八方塞《はっぽうふさ》がりだ。

『そうだ…！　パソコンに何か伝言が残されているかもしれない…！』

広大な森林地帯では一切使えなかった通信機器だが、キャンプ内では辛《かろ》うじてインターネットにも繋がる。

しかし、二週間ぶりにパソコンを立ち上げた宗像は、予想だにしていなかった絶望的な状況に直面させられることとなった。

「なぜなんだ、ダイアン…！」

長年の知人であり、今回は共同取材者でもあるはずの彼女から送りつけられた、信じ難い脅迫文を読んだ宗像は絶句した。

果たして、震える指先で開いた添付動画は、見るに堪《た》えない悍ましい内容のものだった。

「――悠也…っ‼」

名前を叫んだきり、後はもう言葉にならない。

繰り返し映し出される、ハスラムによる許し難い凌辱《りょうじょく》シーンと、《アイウォッシュ》に侵《おか》された正体を失くした悠也が見せる、痛ましいまでの痴態《ちたい》の数々。

暫《しば》しの間、石のように動くことができなかった宗像だったが、すぐに腹の底から噴き上げてくるマグマのような戦士の憤《いきどお》りに燃え立った。

『許すものか、絶対に…！』

フツフツと滾る怒りは、裏切り者に対する復讐と制裁を誓う狼煙《のろし》にも似ていた。

だが、今の宗像にとって、何よりも優先すべきは、奪われた悠也のすべてを、一刻も早くその手に取り戻すことだった。

『待っていろ、悠也…！　必ず助け出してやる…！』

そして、奪還を心に刻んだ宗像に、またも幸運の切っ掛けを与えてくれたのは、あの紅い谷の場所を教えてくれたシリンだった。

「僕…この場所、知ってます…この鏡の部屋…少しの間、建物の中に居たことがあるから…」

「シ、シリン…!?」

衝撃と憤怒に心を奪われて、未《いま》だ自分の背後に立っていたシリンの存在をすっかり忘れていた宗像は、その瞬間、激しく焦《あせ》った。

シリンが覗《のぞ》き込《こ》んでいるのは、子供が見るには、あまりにも不適切な映像だ。

けれど、大人らしく取《と》り繕《つくろ》うより、宗像は唯一の手掛かりを確かめる方を選んだ。

「ここを知っているというのは本当か…!?　いったい、どの辺りなんだ、シリン…！」

地図を見せても、さすがに正確な場所を示すことはできなかったが、賢いシリンは太陽や星が出ていた方角をよく覚えていた上に、キャンプに売られて来るまでの間、どのくらいジープに乗せられ、森林地帯を歩かされたかを詳細に記憶していた。

僅《わず》かでも隙があれば逃げ出し、故郷の村へ帰りたいと思っていたのだから無理もない。

おまけに、素直で可愛《かわい》くはあっても、辺境の村育ちのシリンは高値で売れる洗練された美人タイプではなかったために、アジトでも雑用をする小間使い代わりに使われており、その関係で、建物内部の様子までわかるという。

『これで、ある程度はアジトの特定ができる……！』

闘うために、最低限必要な情報を摑《つか》んだ戦士の行動は、そこから驚くほど迅速《じんそく》だった。

そう、単なる潜入取材と違い、敵地からの人質の奪還となると、宗像独りでは手に負えない。

少人数でも腕の立つプロの助っ人と、相応の武器の調達が是非とも必要となってくるだろう。

この状況下、宗像にとって、せめてもの救いは、手持ちのデータとの交換条件として示されている以上、人質にされた悠也が既に殺されている可能性が低いということだけだ。

『だが、生きていてさえくれれば……！』

宗像の闘志を熱く搔《か》き立《た》てる悠也への想い――――。

その時、ふと宗像の脳裏を、テントの幕を撥ね上げて、初めて悠也が勢いよく飛び込んできたときの光景が鮮やかに過《よ》ぎっていった。

ひどく驚き、呆気《あっけ》に取られたものだったが、悠也をあの暴挙に駆り立てたのは、正に今の宗像を支配している、この熱く滾るような感情と同じに違いない。

『あぁ、そうだったのか……！』

宗像は唐突に理解した。

だから宗像も、何があろうと悠也を捜し出し、必ずや無事に助け出す。

このまま、悠也が宗像の人生から退場するなんて、死んでも許されるはずがないのだ。

『悠也…！』

決意を新たにした宗像は、大まかな印《しるし》をつけた地図とパソコンを手に、自分のテントを後にした。

それにしても、前々から得体の知れない男だとは思っていたが、まさか、あのハスラムが、《アイウォッシュ》やカレル社と繋がっていたとは、大変な誤算だった。

ましてや、共に仕事をするパートナーとして、曲がりなりにも信頼を置いていたダイアンにまで、こうも見事に裏切られるとは、やはり、この世界の一寸先は闇でしかないらしい。

『尤《もっと》も、それだけ、俺が摑んできた情報が核心に迫っているということか…』

胸に強い思いを抱きながらも、その一方で、宗像の頭は冷静に状況を分析していた。

要求されたデータは、所詮《しょせん》、コピー可能なものばかりで、すべてを素直に渡したところで、相手は宗像を殺すつもりでいるに違いない。

にも拘《かかわ》らず、わざわざデータを渡せと迫ってくるのは、たぶん、どの程度まで機密情報が漏《も》れているのかを確かめ、その上で、連中は組織の刷新《さっしん》を図りたいのだろう。

『それに、俺が誰かにデータのコピーを渡して、保険を掛けていないかについても、連中は確かめておきたいんだろうな…』

宗像の死後、万が一にも暴露記事が世を騒がす事態となった場合、大事な悠也がどんな目に遭わされることになるのかと、使い古された脅し文句が吐かれる状況が目に浮かぶ。

つまり、ハスラムのアジトを急襲し、悠也を奪還する以外、宗像には取るべき道がないのだ。

とはいえ、当面の敵はハスラムだとしても、その背後で糸を引いているのが、あの一大軍事企業のカレル社だと思えば、この作戦が極めて危険なものとなるのは想像に難くない。

「ハインツ…！　力を貸してくれ…！」

テントを出た宗像は、真っすぐハインツが率いる傭兵部隊に協力を求めに行った。

そこからは、これまで培ってきた知識と経験をフル回転させ、持てる人脈のすべてを総動員して奪還チームの陣容を整《ととの》える。

「傭兵を雇う金と、これだけの装備、いったい、どうやって支払うつもりだ？」

「今、手持ちの現金はないが、帰国したら、ニューヨークのアパートを売ってでも必ず作る！

信用貸しになるが、頼む…！」

傭兵を纏《まと》めるハインツと、その馴染みで、宗像自身も面識のある武器商人のアドルフを前に、宗像は頭を下げた。

アメリカ人とも思えない、極めて日本的な遣《や》り様《よう》だったが、実際に前金を払えない現状、これまでの信用を踏まえて、彼らの温情に訴えるしか方法はない。

何しろ、彼らに断られた場合、宗像はロクな装備も持たないままに、単独での作戦行動を余《よ》儀《ぎ》なくされ、事実上、悠也を救出するのは困難となるだろう。

最悪、ハスラムの指示通りにデータを渡し、自分が殺された後の悠也の運命については、すべて神頼みという事態にすら陥《おちい》りかねないのだ。

『それだけは避けたい……！』

果たして、必死の思いで訴え続ける宗像に、銃撃戦で命を救われた経験を持つハインツが加勢してくれた。

「アドルフ、俺からも頼む。宗像と一緒に行く俺たちに、必要な武器を提供してくれ」

「ハインツ……！」

「但《ただ》し、俺が連れて行ける戦力は、この前の銃撃戦で、お前に救われた部下四人だけだ。それで構わないな？」

「ああ、もちろんだ！」

結局、ハインツの説得もあり、武器商人のアドルフも、二割増しの高値ながら、前金なしの武器調達を引き受けてくれた。

『これで行ける……！』

悠也の奪還に向けて、宗像は大きく一歩を踏み出したのだった。

＊　＊　＊

さて、それから三日後、キャンプにいる宗像《むなかた》のもとに、ダイアンからインターネット回線を使った連絡が入った。

「お届けしたポルノは、十分に愉《たの》しんで頂けたかしら?」

パソコンの画面越しに彼女と対峙《たいじ》した宗像は、その第一声に小さく肩を竦《すく》めた。

「お陰さまで、たっぷり堪能《たんのう》させてもらったよ。ただ、相手役の男優のデキが悪くて、えらく興醒《きょうざ》めだったけどな」

「あら、自分が出演した方がよかったって言うの?」

「そりゃぁ、もちろんだよ。あんな下衆《げす》野郎とは、格が違うからね」

「まぁ、相変わらずの自信家ね! でも、掠奪《りゃくだつ》されたお姫さまの方は、剛《ごう》よりもハスラムの方が気に入ったみたいよ?」

「いや、それはないな。俺と犯《や》ってるときの方が、悠也《ゆうや》はずっと艶《つや》っぽくて悦《い》い声で啼《な》く。特に、俺を呑み込んだままイクときなんかは絶品で――」

「もう、いい加減にして…っ!」

自慢げに惚気《のろけ》てみせる宗像に、ダイアンが金切り声を上げた。

「あなた、私のことを何だと思っているのよ…! ずっと傍《そば》にいて、仕事だって、いいチームワークで遣《や》ってきたじゃないの…! 世界中どこを探したって、私ほど、仕事に懸けるあなたを理解して、役に立つ女はいないわ…！　それなのに、それなのに、あなたは…！　あんな役立たずの悠也みたいな坊やがいいって言うの…！」

「ダイアン…」

宗像は困惑に口籠《くちごも》った。

確かに彼女とは十年ほど前、ごく短い期間だったが、男女の関係にあったことがある。

十五歳の頃から、マグナムXのニューヨーク事務所に出入りするようになり、インターンを経《へ》て、二十代半《なか》ばで正式メンバーとなった宗像にとって、寄稿家としてメンバー登録していた八つ歳上のダイアンは、以前から何かと可愛《かわい》がってくれる姉御的存在だった。

そんな彼女と、二十二歳の宗像が一線を超えてしまったのは、男の言い訳かもしれないが、酔った挙《あ》げ句《く》の事故のようなものだ。

なぜなら、ちょうどその頃、ダイアンは学生結婚から十年連れ添った夫との離婚が決まり、一方の宗像は、コロンビア大学への留学を終えて帰国する悠也との関係に苛立《いらだ》っていた。

言わば、互いの傷を舐《な》め合《あ》い、慰《なぐさ》め合《あ》っただけの関係で、事実、何の生産性もない刹那《せつな》主義的な情事は、ものの二、三ヵ月で終わりを告げた。

だが、その後も有能で仕事の出来るダイアンとの付き合いは続き、いつしか宗像は、すっかり信頼の置ける仕事仲間として彼女を見ていた。

そうでなければ、ベースキャンプを徐々に移していくのに当たり、宗像も彼女にアパートのシェアリングを持ちかけたりはしなかったのだ。

『まさか、こんなにも長い間、ダイアンが俺との関係に期待を持ち続けていたなんて…』

もちろん、十分に大人の分別を持つダイアンが、敢《あ》えてカレル社やハスラムの側に付いたからには、相応の理由があるのだろう。

しかし、それでも、こうして彼女が悠也を巡《めぐ》ってヒステリックな物言いをするということは、宗像は女としてのダイアンを、大きく見誤っていたに違いない。

「すまない、ダイアン…」

けれど、謝罪は却《かえ》って彼女のプライドを傷つける結果となった。

「あなたも、あの坊やも…！ 二人とも、この世界から消えてしまえばいいんだわ…！」

激昂《げっこう》して叫んだダイアンが、ウェブカメラの前から身を翻《ひるがえ》す。

そして、感情的になるあまり、肝心《かんじん》の用件を告げないままに姿を消した彼女に代わって、宗像との通信を引き継いだのは、あのハスラムだった。

「まったく、賢いようでいて、色恋に狂うと、女は感情的になって役に立たんな」

悠也を犯した憎むべき男の登場に、宗像はその表情を険《けわ》しくした。

一方、ウェブカメラの前に座ったハスラムは、勝ち誇《ほこ》ったように愉悦《ゆえつ》の色を露《あらわ》にしている。

「昼も夜も、悠也は悦い声で啼き続けているぞ。尻の締まり具合も最高だが、上の口も負けず劣らずの優《すぐ》れものだ。ミルクを舐《な》める子猫みたいな舌を、たっぷり堪能させてもらっているぞ」

「それはそうだろうな？　何せ、最初に仕込んでやった男が優れものだ」

「ふん！　つまらない負け惜《まお》しみを言うな」

「ああ、下らない話は、そこまでにしてもらおうか！」

これ見よがしに挑発的なハスラムを、宗像は毅然《きぜん》として遮《さえぎ》った。

無駄なおしゃべりに時間を費やすのは、一分一秒だって惜しいのだ。

「データを渡せという、そっちの要求は了解した。俺は、いつ、どこへ行けばいいんだ？」

けれど、宗像の性急さを、ハスラムは鼻で笑った。

「どうやら、俺に散々犯られた後でも、あの坊やの尻には未練があるようだな？」

「大きなお世話だ！」

「いやいや、有り難《あがた》いよ。あんな淫乱は、もういらないと言われたら、取引自体が成立しなくなるところだからな」

ハスラムは尚も喉《のど》の奥で低く笑ってから、漸《よう》く本題を口にした。

「データが手元に揃っているなら、三日後の夜、月の出を待って、お前が写真を撮った、あの紅《あか》い谷の精製工場へ来い。こちらの要求に従うなら、お前の可愛い悠也を返してやろう」

「三日後の夜、月の出だな！」

まるで宗像が復唱するのを待ち構えていたかのように、回線が切れ、パソコン画面からハスラムの姿が消えた。

その途端、宗像の唇《くちびる》の端から、微《かす》かな笑みが漏《も》れ出《だ》した。

「――――作戦開始だ……！」

素早くパソコンの前から立ち上がった宗像は、装備一式を身に着けると、隣のテントで待機していたハインツの小隊に加わった。

そう、出発は今夜。

そして、宗像たちが向かう先は、カレル社の傭兵《ようへい》たちが待ち構えている紅い谷ではなく、ハスラムが悠也を捕らえているアジトだ。

「行くぞ……！」

唯一の勝機となるであろう、敵の裏を掻《か》いた急襲と奪還を敢行《かんこう》すべく、一行はキャンプを後にしたのだった。


南東の方角へ森林地帯を抜け、岩場の多い峠を一つ越えた先に広がる荒地を、武器商人のアドルフが手配してくれた、古い払い下げの軍用ジープ二台に分乗して走り続ける。

こちらの陣容は、宗像自身とハインツ率《ひき》いる総勢五名の傭兵部隊。

ただ一人、実際に敵地を知るシリンを案内役として、やがて一昼夜、休むことなくジープを走らせた一行は、背後を絶壁の山肌《やまはだ》に護《まも》られたハスラムのアジトを、およそ三百メートル先に臨《のぞ》む低い丘に到着した。

「大した装備だぜ」

身を低くして窺《うかが》えば、アジトの敷地内には、その通信機器の充実振りを如実《にょじつ》に物語る高い電波塔がそびえ建ち、何台もの軍用ジープが停《と》まっているのが見える。

おまけに、少し離れた場所には、正に駐機中の軍用ヘリまであって、今更のようだが、やはりハスラムは単なるブローカーなどではない。

「警備の方も、なかなかものだぞ」

宗像に応《こた》えて、ハインツは覗《のぞ》き込《こ》んでいた暗視装置付きの双眼鏡を手渡した。

「――――監視カメラに…塀《へい》の上には高圧電流か…」

「幸い、外回りに地雷源はないようだが、建物内部に侵入したら、高感度の警報装置が作動するくらいは覚悟すべきだろうな」

ハインツの言葉に、宗像は双眼鏡を覗き込んだまま頷《うなず》いた。

例の紅い谷とは違って、見たところ、ＡＫ－47を構える兵士の姿はないものの、ハイテク機器を用《もち》いたハスラムのアジトには、存外、厳重な警備が敷かれているらしい。

だが、二日後の月の出に、紅い谷の精製工場での取引を指定してきたハスラムは、まさか今夜、宗像が紅い谷とは見当違いの方向にある自分のアジトに姿を現わすとは、夢にも思っていないことだろう。

いや、そもそも、宗像にアジトの場所が特定できるとは思っていないハスラムにとって、急襲自体が想定外の出来事であるはずだ。

『そこが俺たちの勝機だ…！』

不意打ちに崩れたところを、一気呵成《いっきかせい》に攻め抜くことで、見事目的を果たすのだ。

「シリン、あの鏡の部屋があったのは、右側奥に見える建物で間違いないか？」

「うん、間違いないよ」

実際に双眼鏡を覗かせてやり、最終確認をする宗像に、シリンが大きく頷く。

ここまでの道案内も、ほぼ完璧だったシリンの素晴らしい記憶力によると、左側の建物が武器庫や食料庫になっており、アジトの中枢部《ちゅうすうぶ》である真ん中の建物を挟《はさ》んで、右側奥に商品となる女たちや少年たちが軟禁されているエリアがあるらしい。

「真ん中の建物と武器庫には、いつも二十人くらい部下の男たちがいたけど、右側の建物の窓には鉄格子《てつごうし》があったから、入り口に銃を持った見張りが二人立ってただけだった」

「全部で二十人前後、目的の建物には、見張りが二人だけか…」

シリンの説明に、宗像とハインツたち小隊のメンバーは頷き合った。

もちろん、一度騒ぎとなれば、直《す》ぐ様《さま》、部下たちが大挙して押し寄せてくるだろうが、当面、倒すべき相手が二人だけというのは有り難い。

やはり、スピードこそが、この勝負の行方《ゆくえ》を握る鍵だ。

確信を深めた宗像は、シリンに最後の質問をした。

「それで、鏡の部屋がある場所はどこだ？」

「二階の一番奥だよ。ハスラム様の一番のお気に入りが繋《つな》がれるんだ」

悪気はないのだろうが、シリンが口にした一言に、宗像は思わず眉《まゆ》を顰《ひそ》めた。

『一番のお気に入りだと…！』

脳裏を過《よ》ぎる、あのハスラムと悠也の痴態《ちたい》。

猛烈に胸糞《むなくそ》が悪くて、もう一刻も我慢ならない。

「ありがとう、シリン。おかげで助かったよ。後は危ないから、お前はここに隠れておいで」

宗像は礼を言って、見事な記憶力を発揮《はっき》してくれたシリンの頭を撫《な》でてやった。

「では、ランチャーで有《あ》っ丈《たけ》のミサイルを撃ち込み、一気に突入を図《はか》る！　内部に侵入したら、我々の小隊が見張りを倒し、別棟《べつむね》から駆けつけてくる部下どもを引き受ける！　宗像はその間に人質を救出して来い！　念のため、窓の鉄格子は出来る限り爆破しておいてやる！」

「わかった、ハインツ！　だが、一階の制圧が済んだら、ジープに戻って撤退の準備を進めておいてくれ！　無いとは思うが、万が一にも別働隊がいたら、俺たちは全滅だからな！」

空には、時折、月を隠す厚い雲――。

ずっしりと肩に重いランチャー砲二台を担《かつ》いだ一行は、夜陰《やいん》に紛《まぎ》れて低い丘を下っていったのだった。

＊　＊　＊

拉致《らち》されてから、たぶん、一週間あまり――――。

首輪と鎖で犬のように繋《つな》がれた悠也《ゆうや》に許された自由は、厭《いや》らしく壁面の鏡に映し出されたベッドの上と、その隣に設《しつら》えられたバスルームへ行くことだけだ。

『あぁ…』

時間の感覚がひどく鈍いように思えてならないのは、最初にクロロホルムを嗅《か》がされたせいもあるのだろうが、この鏡の部屋に窓が一つもなく、今が昼なのか夜なのかすら判然としないからに違いない。

更に、何の前触《まえぶ》れも無く訪れては、有無をも言わさず凌辱《りょうじょく》を繰り返すハスラムの存在が、悠也の心身を耗弱《こうじゃく》させ、一層、正常な時間の把握《はあく》を困難にする。

「――躯《からだ》が…重い…頭も…」

尤《もっと》も、ベッドに俯《うつぶ》せたきり、力なく不調を呟《つぶや》く悠也を一番に蝕《むしば》んでいるものが、非道な蛮行《ばんこう》の度《たび》に与えられる、あの《アイウォッシュ》であることは言うまでもない。

「ハンガーストライキですって?」

いつからそこに居たものか、不意に耳元に響いてきたダイアンの声に、悠也はハッとするでもなく、虚《うつ》ろな眼差《まなざ》しを向けた。

「飢《う》え死《じ》になんて、カッコ悪いし苦しいだけだから、よした方がいいわよ？」

「別に…そんな、つもりじゃ…」

実際、悠也は反骨精神から食事を拒んでいるわけではなく、堪《たま》らない倦怠感《けんたいかん》が襲ってきて、スプーンを持つのすら億劫《おっくう》なだけだった。

「本当に困った坊やだわね？　極限状態では、食べられなくなった者から死んでいくのよ。今からそんなじゃ、剛《ごう》との取引まで軀が持たないじゃないの！」

呆《あき》れ顔《がお》でベッドに腰掛けたダイアンは、放置されていた食事のトレイから、スープ皿とスプーンを手に取った。

「ほら、食べなさい！」

「んっ…」

強引なダイアンの手によって、無理やり口の中に流し込まれてきた冷めたスープは、しかし、一匙《ひとさじ》、二匙と繰り返されるうちに、悠也に若干《じゃっかん》の活力を取り戻させた。

「美味《おい》しい…」

「でしょう？　食べないから元気が出ないのよ」

ダイアンはそう言うと、残りは自分で食べるよう促《うなが》して、スプーンを突っ込んだスープ皿を悠也の前に置いた。

もちろん、悠也にしても、いつまでも病気の子供みたいに彼女の手を煩《わずら》わせているわけにもいかず、だるさの残る躯を、ノロノロとベッドの上に起こした。

とはいえ、一糸纏《いっしまと》わぬ姿を女性の前に曝《さら》すのも、如何《いかが》なものかと思われる。

「何か…着るものを貰《もら》えないかな…?」

「いいわよ。私もいい加減、あなたのヌードは見飽《みあ》きたから」

悠也の望みを容《い》れて、ダイアンは衣服の調達を約束してくれた。

後は、心配するだけ無駄かもしれないが、毎度、本能を剥《む》き出《だ》しにさせられる、あの《アイウォッシュ》とかいう薬物が気に掛かる。

「俺、すっかり…クスリ漬《づ》けなのかな…?」

けれど、恐る恐る尋《たず》ねた悠也に、ダイアンは肩を竦《すく》めた。

「まだジャンキーには早いわよ。かなり濃厚なクセになっちゃってるとは思うけどね?」

冷ややかな蔑《さげす》みの色を浮かべるダイアンに、悠也は無言のまま、必死に残りのスープを口の中に掻《か》き込《こ》んだ。

『負けちゃダメだ…! しっかりしろ…!』

所詮は無駄な足掻きに終わるとしても、このまま唯々諾々《いいだくだく》とハスラムに従って、薬物中毒者に身を落とすわけにはいかない。

それには、せめて体力を保って、気力を充実させる努力をするべきだ。

『うぅっ…クソッ…！』

込み上げてくる吐き気と悪戦苦闘の末、何とかスープ皿を空《から》にした悠也は、そのまま鎖を引《ひ》き摺《ず》ってバスルームへ向かった。

頭から勢いよく熱いシャワーを浴び、忌々《いまいま》しいハスラムの痕跡《こんせき》を根こそぎ洗い落とす。石鹸《せっけん》がすっかり小さくなり、タンクのお湯が水に変わる頃には、悠也の頭も漸《ようや》くはっきりしてきた。

更に、バスルームから出てみると、姿を消したダイアンの代わりに、ベッドの上に筒型のワンピースのような民族衣裳とマントが届けられていて、久しぶりに着衣を身に纏った悠也は、驚くほど人心地を取り戻すことができた。

頭の動きが鈍っていたとはいえ、素っ裸でいるというのは恐ろしく無防備なもので、想像以上に気が休まらない状況が続いていたらしい。

『これで、この首輪さえ取れれば…！』

ところが、鏡に映った喉元《のどもと》に手を遣《や》った途端、悠也の脳裏を一つの思いが過《よ》ぎっていった。

『——宗像は…あの動画を…見た、んだろうか…』

思いを巡《めぐ》らせかけて、悠也は両手で顔を覆《おお》った。

浅ましく淫猥《いんわい》この上ない姿を曝し、恥知らずな言葉で雄《おす》の肉棒を欲しながら、厭らしく腰を振《ふ》り捲《まく》った恥辱の数々――。

『あぁ…！』

果たして、あれを見た後でも、宗像はハスラムとの取引に応じようとするだろうか。

『薄汚い男好きの淫乱なんか、生かしておく価値もない…！』

次々と溢《あふ》れてくる自虐的《じぎゃくてき》な思いは、宗像から冷たく蔑まれ、惨《みじ》めに捨てられる恐怖の裏返しだった。

『いやだ、宗像…！　俺は…！』

胸の奥が激しく軋《きし》む。

たとえ、ここから無事に助けだされたところで、自分を見る宗像の瞳に、侮蔑《ぶべつ》と嫌悪の色がまざまざと浮かぶとしたら、この先、悠也に生き延びる意味などあるのだろうか。

『あぁ、そうなったら、俺は…！』

しかし、わざわざ、そんな風に心を悩ます必要はないのかもしれない。

なぜなら、宗像はどれほど懇願《こんがん》されたとしても、結局、悠也のためだけに、一番大事な仕事を犠牲にしたりする男ではないからだ。

『宗像…！』

切なさと恋しさが、どうしようもなく悠也の胸に込み上げてくる。

愛してやまない男から、淫蕩《いんとう》な恥知らずと罵《ののし》られるくらいなら、死んだ方がマシだという思いに駆られる一方で、宗像から無下に捨てられることのない自分自身の価値を、ほんの僅《わず》かでも信じていたい気持ちが交錯《こうさく》する。

そう、どれだけ罵倒《ばとう》されようと、もう一度だけでも、宗像の逞《たくま》しい腕に抱かれたい。あの強靭《きょうじん》でしなやかな筋肉の鎧《よろい》にしがみ付き、思う存分、爪《つめ》を立てて抱き締めたい。美しい褐色《かっしょく》の肌に口づけ、心行くまで味わい尽くしたいのだ。

『あぁ、宗像…っ！』

と、その時、驚くべき事態がはじまった。

「なっ、何だ、いったい…⁉　爆発か…っ⁉」

いきなり響き渡った信《しん》じ難《がた》い轟音《ごうおん》と、その衝撃波に震える床や壁。

確かめる間もなく、二度、三度と続け様に襲ってきた爆音に、悠也は驚き狼狽《うろた》えた。

何しろ、非常事態が起きているのは明らかでも、窓すらない部屋からは、外の様子を窺《うかが》い知《し》ることもできない。

おまけに鎖に繋がれた身では、何が起こっても、悠也はここから逃げられないのだ。

「誰か…！　誰か来てくれ…！」

せめて今の状況を知りたくて、悠也はこの部屋唯一の出入り口である扉に向かって、大声で叫んだ。

ところが――――。

「騒ぐことはない。愚か者が死にに来ただけだ」

「…っ⁉」

唐突に響いた声と共に、背後から首輪の鎖を引かれて、悠也は心底ギョッとした。

なぜなら、ダイアンが出て行った後は、確かに部屋の中は無人だったはずだからだ。

それなのに、よろけながらも振り返ってみれば、冷ややかな笑みを浮かべたハスラムが、忽《こつ》然《ぜん》と鏡の前に姿を現わしていた。

「ど、どうして、ここに…⁉」

まるでマジックを見ているようだと思った。

果たして、種明かしされた事実に、悠也は愕然《がくぜん》とした。

鏡張りの壁面は、実際、マジックミラーになっていて、向こう側に設えられた豪奢《ごうしゃ》な客間から、痴態の限りを尽くした淫猥なショーを悦《たの》しめる造りになっていたというのだ。

「なんて卑劣《ひれつ》な…！」

「今更、何をそんなに驚くことがある？　宗像に送ってやったお前の淫乱動画も、このマジックミラーの向こう側から撮ったものだぞ」

「…っ！」

言われてみれば、あっても不思議はないカラクリだった。

けれど、ハスラムの次のセリフに、悠也は零《こぼ》れ落《お》ちそうなほど大きく目を瞠《みは》った。

「今夜、ここで宗像のヤツを始末したら、あのマジックミラーの向こう側に観客を入れて、たっぷり淫《みだ》らに啼《な》かせてやろう。楽しみにしているがいい」

「む、宗像が…っ！　宗像が今夜、ここに来るのか…⁉」

我を忘れて詰め寄った悠也に、ハスラムが侮蔑の眼差《まなざ》しで低く笑った。

「来るのか、だと？　ああ、もう、とっくに来ているさ。宗像がランチャーを使って塀《へい》にミサイルを撃ち込む音が、お前の耳にも聞こえていたはずだぞ」

「ミ、ミサイルって…⁉　まさか、さっきのあの音が…⁉」

まったく現実感の持てない世界に、悠也は驚き、ただただ狼狽えるばかりだ。

だいたい、ランチャーだの、ミサイルだのと言われても、アクション映画で派手に爆弾が炸裂するシーンか、ゲームの戦闘用アイテムくらいしか思い浮かばない。

それに、いくら宗像が生《は》え抜《ぬ》きの戦士のような男で、悠也には想像もつかないほど苛烈《かれつ》な経験を積んできたのだとしても、本来は報道カメラマンであるはずの彼が、どうしてそんな武器を手に入れてまで、自《みずか》ら危険な戦闘行為に身を投じたというのだろうか。

「そ、そんな…！　まさか本当に…本当に宗像は、俺を助けるために…⁉」

「ずいぶんと愛されていて、良かったじゃないか？　ただ、この急襲作戦は、ヤツ等《ら》の失敗に終わる。何せ、事前に情報が漏《も》れていて、完全な急襲にはなっていないからな」

「…っ⁉」

聞かされている何もかもが、俄《にわ》かにはとても信じられない気がした。

しかし、今は何よりも、この瞬間にも命の危険に曝されている、宗像の身が心配で堪《たま》らない。

取材中のカメラマンよりも、戦闘中の兵士の方が、死ぬ確率は何倍も高いのだ。

ましてや、ハスラムの言うとおり、事前に情報が漏れていたのだとしたら――。

『あぁ、そんな…！　宗像に、宗像にもしもの事があったら…！』

果たして、色を失くして小刻みに震えだした悠也の耳元に、ハスラムの冷淡極まりない声音が、世にも恐ろしい予告を囁《ささや》く。

「愚かな愛に免じて、お前の見ている前で宗像を蜂の巣にしてやろう。それから、まだ血の乾かぬヤツの死体と並べて、たっぷりお前を犯してやる。どうだ？　今から待ち切れないほど楽しみだろう？」

「ぁ、くぅ…っ！」

サディスティックに浮かべられた笑みと共に、殊更《ことさら》に強く引かれた鎖。

喉元に食い込む首輪に、悠也はますます青褪《あおざ》め、恐怖に身を凍《い》てつかせたのだった。


静寂を破って撃ち込まれた三発のミサイル――。

高圧電流が流れる強固な塀は派手に吹き飛び、突入はスムーズに果たされたかに思えた。

ところが、敷地内に入ってみると、武器庫や中央の建物から駆けつけて来るのに、五分はかかるだろうと見ていた部下の男たちが、既《すで》に応戦体勢で宗像たちを待ち構えていた。

作戦には想定外の出来事が付き物とはいえ、これでは肝心の急襲の体《てい》を成していない。

「退却だ、ハインツ…！　何かがおかしい…！」

叫んだ宗像だったが、双方の撃ち合いが始まった今となっては、即時の退却が難しいのは言うまでもない。

「クソッ…！　情報が漏れていたのか…！」

様々な思いが頭の中を錯綜《さくそう》したが、この場で原因を究明したところで意味がない。

こうなってしまった以上、たとえ状況が絶望的であろうと、次のチャンスがない宗像は、悠也の救出に向かうしかないのだ。

「ハインツ…！　お前たちは退却しろ…！」

もう一度だけ叫んで、宗像は独り戦線を離れると、当初の目的である右手奥の建物へ走った。

そのまま、鉄格子の填《は》まった一階の窓に手榴弾を投げ込む。

爆風で朦々《もうもう》と立《た》ち籠《こ》める粉塵《ふんじん》の中を、宗像はひたすら廊下を走り、悠也が囚《とら》われている二階奥の部屋を目指した。

けれど、建物の内部は、思いの外、細かく仕切られた部屋や続き廊下で複雑に入り組んでいて、容易には階段の位置さえわからない。

「階段はどこだ…！　どこにある…！」

悠也と同様、ここに囚われている女たちなのだろう。悲鳴を上げて逃げ惑う彼女たちに詰問しては掻《か》き分《わ》けて、宗像は必死に走り続けた。

扉や仕切りのカーテンを開ける度《たび》に感じる、待ち伏せた敵の銃口が火を噴くかもしれない恐怖と、誤って自分が女たちを撃ってしまうかもしれない危険性。

それでも宗像には、用心のために立ち止まったり、躊躇《ためら》ったりしている余裕はなかった。

「悠也、どこだ…！　どこにいる…！」

しかし、漸く階段を駆け上り、辿り着いた鏡の部屋には、やはり絶望的な光景が待ち受けていた。

「そこまでだ、宗像！　動くな…！」

「…っ！」

反射的にAK－47を構えた宗像だったが、扉を開けた途端、視界に飛び込んできたのは、ハスラムの腕に捕らわれ、頭にマカロフPMの銃口を突きつけられている悠也の姿だった。

「悠也…！」

「宗像…！」

やっと果たされた再会。

だが、僅かでも宗像が抵抗を見せれば、瞬時にして悠也の脳ミソが飛び散るのは必至だ。

「残念だったな？　せっかくの奇襲作戦も、可愛いシリンに情報を流されていては、物の役にも立たん。詰めの甘いお前の負けだ。観念しろ、宗像」

「シリンがお前に情報を流していただと…⁉」

一瞬、その裏切りを聞いて愕然とした宗像だったが、考えてみれば、いくら恩義があろうとも、悠也を救出すればキャンプを去ってしまう自分よりも、ずっと目の前に存在し続ける、ハスラムという冷酷な怪物を恐れて従うのは当然だ。

『すまなかった、シリン…』

悠也の救出で頭が一杯になるあまり、そこまで思いが至《いた》らず、シリンにハスラムを売るも同然の、あまりにも酷な要求をしていた自分の身勝手な行いを、宗像は強く悔《く》いた。

そう、誰にも彼を責められない。

なぜなら、幼いシリンはこの先も、誰にも護《まも》られることなく、この過酷なK共和国で生きていかなくてはならないのだ。

「さぁ、銃を捨てろ！　持っている武器も全部だ…！」

鋭く浴びせられたハスラムの命令に、宗像は従うしかなかった。

「落ち着けよ、ハスラム。スプラッターは好みじゃないんだ」

そう言って、宗像はゆっくりとAK‐47を床に置くと、武器を装備したアサルトベストを脱いで両手を上げた。

「気味が悪いほど素直だな？」

「悠也を殺されたんじゃ、ここまで乗り込んできた意味がないからな」

「ほう？　そんなにこの淫乱坊やが大事か？」

「ああ、悠也は俺のことが好きなんでね」

「宗像…」

十五年も昔から、少しも変わらずに不遜《ふそん》で傲慢《ごうまん》なその物言い——。

両手を上げたまま、軽く肩を竦《すく》めてみせる宗像に、悠也は自分の置かれた状況も顧《かえり》みず、若干の落胆を覚えていた。

『自分が好きだからとは…言ってくれないんだな、やっぱり…』

今、この場で考えることではないとわかっていても、愛してやまないのは自分の方だけなのだという思いが、愚かしく悠也の胸を締め付ける。

だが、その一方で、悠也のために、これほどまでの危険を冒してくれる男が、宗像の他にいるだろうか。

正直、心の片隅《かたすみ》では、宗像は自分のためになど、大事な仕事を犠牲にしないと確信していた悠也だが、目の前で繰り広げられているこの状況では、仕事どころか、宗像自身の命さえも危ういのだ。

そして、実際、ハスラムには、宗像を生かしておくつもりがなかった。

「最後の祈りを捧げる神はいるのか？」

悠也の頭から離れて、真っすぐ宗像に向けられたマカロフPMの銃口。

人を撃つことに対して、何の躊躇いも持たない蛇《へび》のように冷たい眼差しに、さすがの宗像も表情を厳しくした。

「待てよ…！」

事ここに至っては、効力の程も不明だが、要求されていたデータは未《いま》だ宗像の手中にあり、たとえ時間稼《かせ》ぎに過ぎないとしても、最後の切札を使う時は、今を置いて他にない。

「俺を殺す前に、データの確認をしなくていいのか？　お前に金を払っているのは、どうせ、あのカレル社のヤツ等なのだろう？　必要な確認もせず、勝手に俺を殺せば、大事な雇《やと》い主の機嫌を損ねるんじゃないのか？」

多分にハッタリを込めた大勝負――。

何がしかの突破口を求めて、宗像は最後の賭けに出た。

「だいたい、俺が生きて戻らなかったら、マグナムXが関わる世界中のマスコミに、データの内容を発表するよう、俺が一番に信頼している人物に頼んである！　カレル社を中心とした、《アイウォッシュ》やロシアン・マフィア、K共和国の高官に、あのスローン上院議員まで、一連の癒着《ゆちゃく》と金の流れを暴露されたら、相当に雇い主は困るんじゃないのか！」

尤も、強《したた》かで狡猾《こうかつ》なハスラムをその気にさせるには、宗像には脅《おど》しの根拠となる手持ちのカードが足りなかった。

「今の発言だけで、データの確認は十分だ。それに、実際には情報の暴露などあり得ん。そんな事をすれば、大事な悠也がどんな生き地獄に落とされるか、想像できないお前ではないはずだからな？」

ハスラムが浮かべた酷薄な笑みが、マカロフPMを突きつけられた宗像に、万事休すを告げている。

「死ね、宗像…！」

「…っ！」

「宗像ぁぁぁ――――っ！」

瞬間、轟《とどろ》いた一発の銃声に、悠也の悲鳴が重なった。

けれど、発射された凶弾に倒れたのは、宗像ではなく、悠也を人質に取ったハスラムの方だった。

「グッ、ォ…！」

俯せに倒れたハスラムの背中から溢れ出す、真っ赤な血。

下敷きになった悠也が、決死の形相《ぎょうそう》で床に這《は》い出《だ》すのが見えた。

そう、驚いたことに、ハスラムを倒した銃弾は、マジックミラーになっている壁面の向こう側から発射されたものだったのだ。

果たして、火を噴いたばかりの軍用自動拳銃ベレッタM92を手に、マジックミラーの裏側から姿を現わした人物に、宗像は息を飲んだ。

「ま、まさか…⁉　トニー・カレル大佐か…⁉」

白髪に近い銀色の髪に、冷たいアイスブルーの瞳を持つ嘗《かつ》ての英雄は、六十代半《なか》ばを迎えて尚、屈強で冷徹な軍人の顔を失っていない。

そして、事実、大佐は自分の意に副《そ》わないハスラムを、一顧《いっこ》だにせず撃ち殺したのだ。

「この男、なかなか腕は立ったが、過信と独断が過ぎて、私の部下には向かなかった。だいたい、お前たちの奇襲が今夜あるとわかっていたなら、私に報告すべきだったのだ」

そう言って、大佐は忌々しげにハスラムの頭を踏みつけた。

「最初からそうしていれば、私の部下を大量派遣して、問題なくすべてを制圧できたというのに、この愚かな男は、自分が所詮《しょせん》、私の犬だという実態がわかっていなかったのだ」

只者《ただもの》ではない威圧感を覚えると共に、猛烈な不快感を抱かずにはいられないその態度。

『なんて嫌な男だ…！』

既《すで》に何度となく、問題となるスローン上院議員らと一緒のところを写真に収めている宗像ではあったが、実際に対峙したトニー・カレル大佐は、英雄などとは程遠い、まるで独裁者のような男だった。

ましてや、その強欲で冷淡な独裁者は、今、正に宗像に向かって、ベレッタM92を構えているのだ。

「それで？　お前が宗像剛とかいうネズミか？　噂《うわさ》では、何かと厄介《やっかい》な写真を撮ってくれたそうじゃないか？」

「ええ、カレル社の《アイウォッシュ》を売《う》り捌《さば》くロシアン・マフィアに、生産国となっているK共和国の高官。スローン上院議員を介して、駐留基地の莫大《ばくだい》な賃料が税金から払われている実態なんかを、いろいろと詳細に調べ上げさせてもらいましたよ」

恐れもせず、滔々《とうとう》と答えた宗像に、大佐が引《ひ》き攣《つ》った笑みを浮かべる。

「それは大した腕前だ。ところで、スローンだが、あれには失望させられたよ。せっかく次期大統領に推《お》して、当選の暁には、甘い汁をたっぷり吸わせてもらおうと思っていたのに、本人が《アイウォッシュ》に溺《おぼ》れるとは、愚か者にも程がある。軍にいた頃は、尻の締まりも良くて、部下としても散々可愛がってやったのに、所詮、坊ちゃん育ちのクズだったよ」

皮肉を込めて楽しげに話しながら、一歩、また一歩と迫ってくる大佐に、丸腰の宗像はジリジリと後退《あとずさ》る。

何の勝算もないが、今はせめて、この冷酷で危険な男を、床にへたり込んでいる悠也の傍《そば》から、少しでも引き離したい。

「で？　秘密を嗅《か》ぎつけた俺にも、大佐は失望したわけですか？」

「さて、それはどうだろうな？　あのダイアンとかいう女は、偉《えら》そうにジャーナリストを気取っていても、ホワイトハウスの報道官の職をチラつかせた途端、あっさり私に寝返ったが、お前は何と引き換えなら、私の犬になる？　まぁ、すべては、私が次に推すスローンの後釜《あとがま》が、次期大統領に就任してからの話だがね」

いよいよ壁際に追い詰められようとする宗像にとって、事態は完全に絶望的だった。

そう、この独裁者は寝返りを勧めながら、既に冷徹な目で、宗像が自分の犬にはならない男だと見抜いている。

つまり、ここで何をどう答えたところで、この男は迷うことなくベレッタM92を撃ち、宗像を殺すのだ。

『終わりか…！』

だが、最後の覚悟を決めかけた刹那《せつな》、再び銃声が轟き、勝ち誇った余裕の笑みを浮かべていた大佐の軀が大きく揺《ゆ》らいだ。

『なっ…!?』

体勢を崩した大佐の後ろには、床にへたり込んだまま、ハスラムの死体の下から取り出したマカロフPMを構えている悠也の姿。

発砲のショックに、榛色《はしばみいろ》の瞳が大きく見開かれ、その表情は激しく強張《こわば》っている。

『悠也…っ！』

声にならない叫びを放って、しかし、宗像は、この千載一遇《せんざいいちぐう》のチャンスを逃さなかった。

「うぉおっ……！」

鋭い雄叫《おたけ》びと共に、肩に被弾した大佐に襲い掛かり、その手からベレッタM92を奪い取ろうと激しく揉《も》み合《あ》う。

「ぐわぁあっ……！」

宗像に倒されまいとして荒れ狂う、まるで野生の熊のように屈強な体軀。

けれど程なく、手負《てお》いの老兵から武器を奪い取った褐色の戦士は、その勢いのままに拳を振るい、遂《つい》には、その軀を床に屈服《くっぷく》させた。

短くも苛烈な死闘の終わり――。

「宗像…っ！」

握り締めていたマカロフPMを床に投げ出して、悠也は荒く息をつく宗像に駆け寄った。

「悠也！」

打ち倒した野獣の血に染まった宗像の腕が、悠也の軀を抱き竦める。

「宗像、宗像、宗像…っ！」

立ち籠める血の匂《にお》いの中で、宗像と悠也は、力の限り互いの軀を抱き締め合ったのだった。

＊　＊　＊

さて、それから二日後――。

K共和国から脱出を果たした宗像《むなかた》と悠也《ゆうや》は、隣国Wの空港に程近い安ホテルの一室にいた。

あの後の事の顚末《てんまつ》はというと、各々《おのおの》に負傷しながらも、何とかハスラムの部下たちを制圧したハインツの小隊と共に、宗像と悠也は、アジトの敷地内に駐機中だった軍用ヘリを奪って、一気に国境を越えた。

もちろん、厳重に縛り上げたカレル大佐と、建物内に潜伏《せんぷく》していたダイアン共々出国した宗像は、W国にあるアメリカ大使館の中庭にヘリを下ろすようハインツに頼み、そのまま大使に事情を説明の上、二人の身柄《みがら》を引き渡した。

大佐の持つ政財界への影響力から考えて、不利な事態が想像されないわけではなかったけれど、いかに非道な男であろうと、彼をリンチにかけることは、ジャーナリストとして取るべき道ではないと思ったからだ。

それに、帰国次第、一連の真実を報道すれば、自《おの》ずと善悪の判断は下されるに違いない。

「だけど宗像、結局、データはどこに隠してたんだ？　ニューヨークのお前のアパートと、俺の田舎《いなか》の家まで家捜ししても見つからなかったって、ハスラムが言ってたけど…？」

「ああ、お前の死んだばあちゃんに預かってもらってた」

「え…？」

宗像の答えに、悠也は啞然《あぜん》とした。

なるほど、大掛かりな組織が必死に捜索したところで、見つけられなかったはずである。

それというのも、繰上げ法要の時に、菩提寺《ぼだいじ》の納骨堂に収めた祖母の骨壷《こつつぼ》の中に、なんと宗像は、データの入ったUSBメモリを忍ばせていたというのだ。

「絶対に裏切らないし、万が一にもデータを持っていることで、危害を加えられたりする心配もない、実に理想的な預け先だろ?」

「宗像…」

「それに、お前の居る場所が、俺のベースキャンプだからな」

「…っ!」

瞬間、悠也は息を詰まらせた。

ダイアンから知らされていたとはいえ、宗像本人の口からは、初めて聞かされる事実である。

「お前…今まで、一度だって、そんな事…言わなかったくせに…っ!」

「言わなくたって、当然、わかってると思っていたよ。お前との付き合い、いい加減、十五年だぞ? 人生の半分近くをお前に捧《ささ》げてるんだ。今更、別れるなんて言い出す気なら、責任取ってくれよな?」

「何が責任だよ…! それは俺のセリフだ…!」

素っ気なくも、いたくふざけた宗像の物言いに、十五年分の様々な感情が込み上げてきて、胸の中も頭の中もグチャグチャになる。

それでも、歓迎すべきはずの宗像の言葉を、素直に受け入れられない悠也がいた。

「――俺、ハスラムに犯《や》られたんだ…」

零《こぼ》れ落《お》ちた一言に、胸が軋《きし》む。

「お前も見たんだろ、あの物凄《ものすご》い淫乱《いんらん》動画を？　自分でも信じられないくらい悦《よ》がって、精液塗《まみ》れのグチャグチャになりながら、自分から腰振っちゃってさ…」

「もう、やめろ、悠也！」

「だって、本当だからさ…！　宗像のことが好きで、一生、宗像だけだと思ってたのに、実際に突っ込まれてみたら、誰の肉棒だって気持ち悦くなっちゃって…！　もう最低だ…！　俺は自分の軀《からだ》が汚らわしくて堪《たま》らない…！　宗像からも、厭《いや》らしい男好きの淫乱だと思われるくらいなら、俺は…！」

「悠也…っ！」

感情を昂《たか》ぶらせ、わなわなと身を震わせながら、尚も自虐的《じぎゃくてき》に言《い》い募《つの》ろうとする悠也の軀を、宗像は自分の腕の中に抱き竦《すく》めた。

軀よりも、心がこんなにも酷《ひど》く傷ついている悠也が切なくて、愛《いと》おしくて堪らない。

だが、拉致《らち》された挙《あ》げ句《く》に、催淫《さいいん》作用の強い《アイウォッシュ》を散々に盛られ、ハスラムに犯されたことになど、断じて意味はない。

あんな行為は単なる暴力で、死ぬほど許《ゆる》し難《がた》くはあっても、それによって悠也が損なわれることは微塵《みじん》もないのだ。

「何があっても、お前は汚れたりしない！　俺の悠也は、純粋で潔癖《けっぺき》で、ちょっと融通《ゆうずう》が利《き》かない頑固者だよ」

「そんなの嘘だ…！」

「いいから、聞けよ！　だいたい、俺に抱かれているときのお前は、あんな《アイウォッシュ》みたいな媚薬《びやく》を使わなくても、何倍も悦い声を上げて啼《な》くんだ。何度も何度も、繰り返し欲しくて堪らなくなるほどな？」

宗像は、抱き締めた悠也の耳元に熱く掻《か》き口説《くど》いた。

「だから悠也、頼むから、俺のことを好きなままでいてくれよ？　俺がどんなに危険な場所へ行っても、必ず生きて帰ると信じていられるのは、悠也が俺を待っていると思うからだ…！そこに悠也がいないなら、生きて帰って来る意味が無いんだ…！」

好きだとか、愛しているとか、自分からは決して口にしない俺様男が、それでも熱っぽく掠《かす》れた声音で繰り返し囁《ささや》く求愛の言葉に、悠也は胸の奥が熱く震えた。

『宗像…！』

一方通行では、決してなかった想い――。

その時、ふと悠也の耳元に、遠い昔、放課後の部室で聞いた囁きが蘇ってきた。

「――お前、俺のことが好きなんだろ？」

わかりにくくて猛烈に腹が立つけれど、あれが宗像にとっては、悠也だけに告げる愛の言葉だったのだ。

『大バカ野郎…！』

嬉しくて、悔《くや》しくて、切なくて、悠也は思いの丈《たけ》を込めて、ギュッと宗像を抱き締めた。

「悠也…？」

「だったら、本当に何倍も悦い声で啼かせてくれよ…！」

やや訝《いぶか》しげに覗《のぞ》き込《こ》んできた宗像に、悠也は嚙《か》み付《つ》くように叫んだ。

その結果が、宗像の内に潜《ひそ》む、荒ぶる野性の雄《おす》を呼び覚ましたのは言うまでもない。

「宗像…っ、く…あっ、ぁあ…っ！」

喉元《のどもと》に立てられた牙に、甘く漏《も》れ出《だ》す喘《あえ》ぎ声《ごえ》。

鎖骨の窪みを舐《ねぶ》って、辿《たど》り着《つ》いた小さな胸飾りを執拗《しつよう》に舌先で転がされて、悠也はしなやかに身を仰《の》け反《ぞ》らせた。

「やっ、あぁ…っ！」

ぷっくりと勃《た》ち上《あ》がった赤い果実に歯を立てられ、痛みを覚えるほどきつく吸われる。

はしたなく股間で疼《うず》きだした花芯を、その大きな手の中に握り込まれて、悠也は喉を鳴らして身悶《みもだ》えた。

「いっ…あっ、ぁん…っ！」

「擦《こす》って欲しいか?」

「はっ、ぁんっ…!」

途端に、クチュリと厭らしい音を立てて溢《あふ》れ出《だ》した透明な蜜。

「もうこんなに濡《ぬ》らしているのか?」

「いやっ、いやっ…ダメ…っ!」

「ダメなのは、悠也のココだろ?」

「ひっ、あぁ…んっ…!」

半分だけ露出した先端を覆《おお》う薄い包皮《ほうひ》を、グルリと一気に剝《む》かれ、感じ易《やす》い割れ目をコスコスと擦り上げられて、悠也は腰を跳ね上げた。

「あっ、あっ、イク…っ!」

堪える間もなく吐き出された、トロリと濃厚なミルク。

搾《しぼ》りたてのそれを、たっぷりと長い指に絡《から》め取《と》って、宗像は迷わず悠也の蕾《つぼみ》を犯した。

「ん、やぁ…っ!」

狭《せま》い媚肉を掻き分けて、グッと奥まで挿入されてきた指に、内襞《うちひだ》が激しく歓喜している。

やがて、緩急《かんきゅう》をつけて繰り返される抽挿《ちゅうそう》に、グチュリ、グチュリと恥ずかしく濡れた音を立てて咽《むせ》び泣《な》きはじめる内襞。

「あっ、あっ…ひ、ぅうっ…!」

「ココが好きなんだよな？」

「ひ、ぁあん…っ！」

疼《うず》いて蠢《うごめ》くポイントを掻くように攻められて、再び勃ち上がった悠也の花芯が、ビクリと跳ねて自《みずか》らの白い腹を打つ。

「ぁうっ、あっ、あっ…もぉ…っ！」

爛《ただ》れた悦《よろこ》びに、奥がキュウキュウ締まって堪らない。

漏れ出す嗚咽《おえつ》。

切なく腰を振って、悠也は窮状を訴えた。

「む、な…像ぁ…っ！」

一方、そんな悠也の媚態を堪能《たんのう》しつつ、宗像は意地悪く言葉を促《うなが》した。

「欲しいって言えよ」

「あっ、あっ…欲しい…っ！」

「何がどこに欲しいんだ？」

「やっ、あっ、宗像…っ！　宗像が欲しい…っ！　宗像で、奥まで一杯にしてぇ…っ！」

果たして、身も世もなくねだった瞬間、飢《う》えて渇《かわ》いた悠也の望みは叶えられた。

「ひっ、ぁあああっぁあ――――っ…！」

迸《ほとばし》る悦楽の叫び。

引き裂くように与えられた太く猛々《たけだけ》しい肉の昂《たか》ぶりに、悠也は白く弾け飛んだ。

「あっ、あっ…あぁあ…っ！」

「悠也…っ！」

繰り返し荒々しく叩きつけられる抽挿の激しさ。

初めて結ばれた部室の作業台と同じように、安ホテルのベッドが、いつまでもギシギシと軋《きし》んだ音を立て続けていた。

＊　＊　＊

そして、迎えた翌年の春——。

悠也《ゆうや》は慣《な》れ親《した》しんだ祖父母の家を手放すことになった。

実は、祖父が亡くなった時から、相続人である祖母が亡くなった時点で、相続税を物納することで役所と話が纏《まと》まっていたのだ。

それに、宗像《むなかた》を捜すために新聞社を辞めてしまった悠也にとって、再就職先を探すのに、この田舎《いなか》町はあまりにも不便で条件が悪い。

「せっかくベースキャンプを移したのに、悪かったな？」

片付けを手伝いに来ている宗像の背中に、悠也は小さく声をかけた。

本音を言えば、この家を手放すに当たって、一番の気がかりはその事だ。

『やっと宗像が、俺の家をベースキャンプにしてくれたのに…』

もう大丈夫だと思う反面、出て行ったら最後、糸の切れた凧《たこ》みたいに音信不通になる男が、それでも帰ってくる目印となる場所を、自《みずか》ら手放してしまったのではないかと不安になる。

だが、実際には、何も悠也が憂《うれ》う必要はなかった。

「別に構わないさ。ここには、いろいろ想い出はあるが、世界中どこだって、悠也のいるところが、俺のベースキャンプだからな」

「宗像…」

「だいたい、俺のことより、お前はどうするんだ？　新しい仕事の当てはあるのか？」

「さぁ、どうだろう？　三十過ぎてからの再就職なら、都会へ職を探しに行くべきかな？」

箱詰めの手を休めて思案顔になった悠也に、宗像が言った。

「なら、ニューヨークはどうだ？　少なくとも、住む場所はあるぞ」

ちなみに、ハインツたち傭兵《ようへい》五人分の手当てと、武器商人アドルフへの支払いで、ニューヨークのアパートを手放す覚悟を決めていた宗像だったが、後に蓋《ふた》を開けてみれば、まったくその必要はなかった。

それというのも、外《はず》すのに難儀した、あの忌々《いまいま》しい悠也の首輪が、なんと二十四金製だった上に、いくつも填《は》め込《こ》まれていたクリスタルガラスが、実は本物のダイヤモンドだったことがわかり、経費を精算しても、大いに釣《つ》りがきたのだ。

『本当にハスラムってヤツは、何者だったんだ…？』

二度と名前も口にしたくもない男だが、おかげで破産を免《まぬが》れた点だけは、死者に免じて感謝すべきだろうか。

『いや、そもそも、負債《ふさい》の原因を作ったのはアイツだ…！』

思い直した宗像は、やはり永遠にハスラムの存在を封印することにした。

「で、どうする、悠也？　ダイアンが住んでたことが気になるなら、別のアパートに引っ越してもいいぞ」

「え…？　そ、それは…」

実は宗像の問いに、即答できなかった理由を言い当てられて、悠也は面映《おもはゆ》く口籠《くちご》もった。

そんな悠也に、宗像が笑みを浮かべて、ジーンズの尻ポケットを探る。

取り出したのは、ビー玉ほどもある大きなダイヤモンドである。

「最後の一個だ。お前と二人で、新しいベースキャンプを作る足しくらいにはなるだろう」

「宗像…！」

泣き笑いに滲《にじ》む視界。

麗《うら》らかな春風が、隣り合う二人の頬《ほお》を優しく撫《な》でていった。

あとがき

篁紬以子

こんにちは、篁《たかむら》紬以子《ゆいこ》です。

まずは、ここまでお読み下さった皆さまに、心より御礼申し上げます。

もしかすると、既《すで》にご存知の方々もいらっしゃるかもしれませんが、実はこのお話、元は以前にオークラ出版さんから出ていた『小説アイス』に三回に亘《わた》って掲載されたものです。

その後、紆余《うよ》曲折《きょくせつ》ありまして、この作品はもう二度と日の目を見ることもないだろうと思った時期もありましたが、今回、こうして加筆修正させて頂いたものを、ご厚意により、新書館ディアプラス文庫さんから出して頂く運びとなりました。

私事になりますが、宗像《むなかた》と悠也《ゆうや》には強い思い入れがありましたので、この度《たび》、こうした有り難い機会を与えて下さった各方面の皆さまに、改めて深謝申し上げます。

また、大好きなあじみね朔生《さくふ》先生に、この二人のイラストを描いて頂けたことは、無上の喜びとなりました。あじみね先生、本当にどうもありがとうございます！　ワイルドな宗像と美人の悠也に、キャララフの時点から既に悩殺状態でした♡

読者の皆さまにも、多少なりとも二人を気に入って頂き、お楽しみ頂けたなら幸いです。

もし、よろしければ、宗像と悠也について、皆さまの読後の感想などお聞かせ頂ければ、大変有り難く存じます。無理は申しませんが、今後の腐執筆の励みにもさせて頂きますので、どうぞ宜しくお願い致します。
それではまた、どこかの本屋さんで、皆さまとお目にかかれる日を楽しみにして――。

二〇一一年四月吉日

篁　釉以子

250

D E A R + N O V E L

マグナム・クライシス

マグナム・クライシス

この本を読んでのご意見、ご感想などをお寄せください。
篁 釉以子先生・あじみね朔生先生へのはげましのおたよりもお待ちしております。
〒113-0024 東京都文京区西片2-19-18 新書館
[編集部へのご意見・ご感想] ディアプラス編集部「マグナム・クライシス」係
[先生方へのおたより] ディアプラス編集部気付 ○○先生

初 出
マグナム・クライシス：小説i's 02年3、5、7月号（オークラ出版）
掲載のものを改稿

新書館ディアプラス文庫

著者：**篁 釉以子** [たかむら・ゆいこ]
初版発行：**2011年 5 月25日**

発行所：**株式会社新書館**
[編集] 〒113-0024 東京都文京区西片 2-19-18 電話(03)3811-2631
[営業] 〒174-0043 東京都板橋区坂下 1-22-14 電話(03)5970-3840
[URL] http://www.shinshokan.co.jp/
印刷・製本：**図書印刷株式会社**

定価はカバーに表示してあります。乱丁・落丁本はお取替えいたします。

ISBN978-4-403-52277-2

この作品はフィクションです。実在の人物・団体・事件などにはいっさい関係ありません。

S H I N S H O K A N